# 科学文明坐标 沈括

陈曼冬·著

浙江科学技术出版社·杭州

版权所有　　侵权必究

图书在版编目（CIP）数据

科学文明坐标：沈括/陈曼冬著.—杭州：浙江科学技术出版社，2023.12

ISBN 978-7-5739-1001-1

Ⅰ.①科… Ⅱ.①陈… Ⅲ.①传记文学—中国—当代 Ⅳ.①I25

中国国家版本馆CIP数据核字（2023）第244429号

| | | | | | |
|---|---|---|---|---|---|
| 书　名 | 科学文明坐标：沈括 | | | | |
| 著　者 | 陈曼冬 | | | | |
| 出版发行 | 浙江科学技术出版社 | | | | |
| | 地址：杭州市体育场路347号　邮政编码：310006 | | | | |
| | 办公室电话：0571-85176593 | | | | |
| | 编辑部电话：0571-85062597 | | | | |
| | E-mail：zkpress@zkpress.com | | | | |
| 排　版 | 杭州万方图书有限公司 | | | | |
| 印　刷 | 杭州佳园彩色印刷有限公司 | | | | |
| 开　本 | 890×1240　　1/32 | | 印　张 | 7 | |
| 字　数 | 120 000 | | | | |
| 版　次 | 2023年12月第1版 | | 印　次 | 2023年12月第1次印刷 | |
| 书　号 | ISBN 978-7-5739-1001-1 | | 定　价 | 48.00元 | |

责任编辑　仇　轶　　　　责任美编　金　晖
责任校对　陈宇珊　　　　责任印务　叶文炀

如发现印、装问题，请与承印厂联系。电话：0571-85047183

# 前 言

这是一本关于沈括的通俗读本。

沈括,号梦溪丈人,北宋时期的著名科学家和政治家。《宋史》卷331《沈括传》中没有明确记载沈括的生卒年,只是有这样一句:"元祐初,徙秀州,继以光禄少卿分司,居润八年卒,年六十五。"关于沈括的生平一般来说有四种说法,本书采信现代学者中研究沈括的大家——胡道静先生的说法,沈括的生卒年为宋仁宗天圣九年至宋哲宗绍圣二年(1031—1095)。

沈括出生在钱塘县,即今日的浙江杭州。他幼时跟随父亲到过很多地方。1063年,沈括进士及第。神宗年间，他受王安石器重，参与了熙宁变法运动。

1983年，沈括墓在杭州余杭区太平山南麓被发现，墓前还留有无头的石翁仲等古物。在墓砖堆积层下，考古工作者采集到北宋青瓷划花碗残片及宋代古钱币数枚。现在沈括墓已是杭州市文物保护单位，位于杭州市公安局安康医院内。修缮后的坟冢为圆形，青砖垒砌，顶上陂土，墓前竖一碑，上刻"宋故龙图阁直学士沈括之墓"。墓道两旁，伫立着一对石羊、一对石马和一对文官俑。

在仕途上，沈括一度是有争议的人物。在这里，让我们抛开争议，着眼于他毋庸置疑的科学成就。

《宋史·沈括传》称赞他"博学善文，于天文、方志、律历、音乐、医药、卜算无所不通，皆有所论著"。英国著名的科学技术专家李约瑟认为沈括是"中国整部科学史上卓越的人物"，评价他所著的《梦溪笔谈》是"中国科学史上的坐标"。沈括一生研究的领域包括数学、物理、化学、天文、地理、生物、农学、医药、文学、史学、音乐、美术等众多学科，几乎囊括了当时他所能涉猎的各个学科门类，他是横跨自然科学和人文科学两大

# 前言

领域的通才。《梦溪笔谈》更是一部被誉为"中国古代百科全书式"的优秀著作,沈括将自己对天文地理等学科的研究都写在这本书里,让世人知道,我们中华民族在古时就曾拥有灿若星河的科技创新成果。这部书内容之广博、记叙之精当、独特创见之多,在沈括所处的时代,中外罕见,是研究中国科学技术发展史的珍贵资料。

本书通过对沈括的科技成就、思想和历史地位进行客观描写,让读者全面深入地了解这位宋朝伟大的科学家以及他的科学研究往事。当我们再谈起沈括,我想除了他的学术成就,更应尊重他的创新导向以及实践探索精神。

陈曼冬

2023 年 12 月

# 目 录

第一章　钱塘少年　初入仕途　| 1
　　书香门第　| 3
　　初入仕途　| 11
　　圩田五说　| 15

第二章　入司天监　修历制仪　| 25
　　进士及第　| 27
　　提举司天监　| 29
　　修《奉元历》　| 39
　　递交"三议"　| 46

第三章　出使辽国　绘制地图　| 61
　　撰《熙宁使虏图抄》　| 63
　　绘《天下州县图》　| 72

## 第四章　归隐润州　梦溪笔谈　|81

从秀州到润州　|83

潜心修成巨著　|88

## 第五章　博学多识　科学全才　|103

地质地理　|106

气象物候　|116

数学首创　|127

物理原理　|137

化学化工　|147

生命科学　|158

医术医理　|164

## 第六章　学坛巨擘　光耀中华　|177

科学思想　|179

科学方法　|192

科学地位　|198

**沈括简谱**　|207

**主要参考文献**　|215

## 第一章

# 钱塘少年　初入仕途

## 书香门第

沈括,字存中,宋代钱塘(今浙江杭州)人。

《宋史》卷331《沈括传》中说:"元祐初,徙秀州,继以光禄少卿分司,居润八年卒,年六十五。"没有明确记载沈括的生卒年。关于这一点,史学界一直存在着争议,主要有四种说法[1],本书采信我国著名科学史家胡道静先生的观点,即沈括的生卒年为宋仁宗天圣九年至宋哲宗绍圣二年

---

[1] 第一种说法认为沈括生于天圣七年(1029)。第二种说法认为沈括出生年是天圣八年(1030)。第三种和第四种说法都是根据沈括居润州的年代推算得出来的:第三种说法由胡道静先生提出,认为沈括生卒年为宋仁宗天圣九年至宋哲宗绍圣二年(1031-1095);第四种说法由张荫麟先生提出,认为沈括出生于北宋天圣十年(1032)。

（1031—1095）。

沈括的父亲沈周，字望之，幼年丧父，与兄长沈同相依为命。沈周这一辈以上，钱塘沈氏家族从五代十国以来，几乎没有人出仕从政，只有沈括的曾祖父，曾经做过大理寺丞。沈家兄弟并没有因为家庭的不幸而沉沦，他们互相勉励，发奋读书，先后得中进士，钱塘沈氏一族从此得以振兴。沈周官至太常寺少卿，分司南京。

沈括后来多次对人提及自己的家世，都自认为是出身寒门。例如，他在《谢谪授秀州团练副使表》一文中说：

> 伏念臣出自寒门，苟循世绪，虺隤白首，无一亩以退耕；黾勉清时，希斗食以自禄。[1]

在《答崔肇书》一文中，他又说：

> 复不幸家贫，亟于禄仕。[2]

---

[1]（宋）沈括《长兴集》卷16。
[2]（宋）沈括《长兴集》卷19。

类似的说法，不一而足，都印证了他的家世普通，社会地位不能算高，整个家庭的生活需靠做官所得的俸禄来维持。

沈周潜心钻研儒学，于大中祥符八年（1015）进士及第，被授职汉阳军汉阳县（今湖北武汉汉阳）县掾，后历任简州平泉县（今四川简阳）知县、苏州通判、侍御史等职，又先后出知润州（今江苏镇江）、泉州、明州（今浙江宁波），晚年以太常寺少卿，分司南京（今河南商丘）。一生辗转各地，于皇祐三年（1051）去世，享年七十四岁。

沈周为人宽厚，是一位忠于职守、廉洁自律的好官。在长达三十多年的仕宦生涯中，他共计任官十三处，从未因违法违纪而受到吏部的记过处分，这在当时的官场非常难得。他每到一地都尽心尽力，以德为治，深受百姓拥戴。当他调离平泉县后，当地的老百姓将他在任期间所做的一桩桩实事都刻在石碑上，以表达对这位父母官的敬爱与怀念。王安石对沈周的评价是"廉静宽慎，貌和而内有守"，他在给沈周撰写的墓志铭中写道：

> 其为治取简易，讼有可已者，辄谕以义，使归思之，狱以故少。泉州旧多盗，日暮市门尽闭，

(宋)张择端 《清明上河图》(局部)

禁民勿往来。公至，除其禁，而盗亦以止。佐开封，讼数年不遣者以百数，公断治立尽。尝代其尹争狱于上，大臣为公自绌。三司使请铸大钱，下其书议，议者无敢忤。公为其判官，独曰：坏四钱为之可以当十，民盗变旧钱且尽铸之，为诱民死耳，不如无铸。议上，如公言。于是，天子以江东之按察为已悉，闻公宽厚，即以为使，尽岁无所劾，而部亦以治称。①

---

① (宋)王安石《临川先生文集》卷98《太常少卿分司南京沈公墓志铭》。

## 第一章 钱塘少年 初入仕途

从王安石的这段记述中可以看出,沈周非常关心民生疾苦,体恤民情。他在任上一直恪守为官的本分,尽力做好每一件事,从不愿生事以加重百姓的负担。在处理民间纠纷时,也尽可能不动用刑罚,而是晓之以理,动之以情,用自己的诚意去化解矛盾。沈周对百姓体恤爱抚,对工作兢兢业业,在各地都取得了很好的治绩。沈括从小跟随在父亲身边,父亲对工作勤恳负责的态度以及对百姓的体恤爱抚之情,都在潜移默化中影响着他。

沈括的母亲许氏出身于苏州一个官僚士大夫家庭,她的祖父许延寿官至刑部尚书,父亲许仲容曾经担任太子洗马。许仲容至少养育了四个孩子①,许氏是他最小的女儿,自然倍受宠爱。许氏有一位哥哥名叫许洞,是北宋前期著名的战略家和军事家。许洞从小就爱舞刀挥剑,练习弓矢击刺之术,还精通《左传》;成年后考中进士,到各地做官,以文章政事知名于时,撰写的《虎钤经》是我国历史上一部重要的军事理论著作。许氏自幼聪慧好学,知书达理,对自己这位能文能武的哥哥非常敬重。她经常仔细研读哥哥写的文章,有些甚至能够背诵。许洞的文才武略和军事思想对许氏产生了很大的影响,而许氏又将这种影响渗透到对两个儿子的教育中。

许氏是一位善良贤淑的女性,对自己的父母非常孝顺,每天都要服侍他们安寝后才去休息。她嫁给沈周后,就一直跟随丈夫奔波迁徙,相夫教子,操持家业。曾巩在为许氏撰写的墓志铭中说:

> (夫人)既嫁,惇行孝谨,宜于其家。其夫为吏有名称,夫人实相之。及春秋高,于内外属为高曾辈行,而慈幼字微,愈久弥笃,故亲疏怀附,

---

① 周生春《沈括研究·沈括亲属考》。

## 第一章 钱塘少年 初入仕途

> 无有恶斁……子曰披,国子博士,有吏材;曰括,扬州司理参军、馆阁校勘,有文学。其幼,皆夫人所自教也。①

许氏的贤淑与才学不仅帮助丈夫在事业上取得了成功,使他能以清正廉洁著称于世,而且她的日常言行也一直感染、影响着自己的子女与身边的亲属。俗话说"家和万事兴",一个家庭中的主要女性发挥的作用是至关重要的,她可以维系这个家庭的和睦与安宁。

沈括就出生在这样一个充满爱心、温暖和睦的家庭中,并在父母的悉心爱护、谆谆教诲与家传学养的熏陶下逐渐长大成人。

宋仁宗天圣九年(1031),沈括降临人世。那年,父亲沈周55岁,母亲许氏47岁,沈括的出生给整个家庭带来了无尽的欢乐。沈括先天体质较弱,这也使他得到了父母更多的疼爱与关怀。

与多数官宦人家子弟不同,幼年的沈括并没有进入学堂或是拜师学业,他与兄长沈披从小都是由母亲许氏在家

---

① (宋)曾巩《元丰类稿》卷45《寿昌县太君许氏墓志铭》。

亲自教导的。许氏没有向他们过多、过早地灌输诸如登第入仕、光耀门庭之类的世俗观念，而是给予他们足够的自由发展的空间，让他们亲近自然，接触社会，并努力去发掘、培养他们探寻知识的兴趣。可以说，沈括的童年是在一个无忧无虑、比较开放自由的轻松环境中度过的。

由于沈周长年在各地任职，四处奔波，因此沈括从小跟随父亲到过很多地方。每到一地，沈括都被当地独特的自然风貌和民风民俗所深深吸引，一直充满着强烈的好奇心与探索欲。

沈括不到7岁时，跟随担任侍御史的父亲住在京城开封。在那里，他对当地民间召"紫姑"的习俗颇感兴趣，晚年还将此事记录于《梦溪笔谈》中。

"紫姑"是唐朝开始才有的厕神，是中国古代神祇中比较"年轻"的一个。唐宋以来，元宵灯节降紫姑神谕成为民俗。据沈括在《梦溪笔谈》中记载，他小时候看到小伙伴们随时随地召紫姑降谕作游戏。景祐年间，太常卿博士王纶在家中设宴请紫姑神，沈括也应邀随父亲一同赴宴。

这是目前所能见到的有关沈括童年生活的最早记录[1]。

---

[1] 徐规、闻人军《仰素集·沈括前半生考略》。

无论这段记述是否有科学依据，是否可信，从中都可以看出这件事确实给年幼的沈括留下了非常深刻的印象，令他难以忘怀，以至于他晚年退居梦溪园时仍记忆犹新。从另一个角度来看，幼年的沈括就已经显现出超过一般同龄孩子的强烈的求知欲，他总是对周围的人和事怀有浓厚的兴趣。正是这种对自然和社会的广泛兴趣促成了沈括在自然科学、人文科学等诸多领域的成就。

## 初入仕途

沈括在青少年时期跟随到各处上任的父亲游历各地，而沈周又是一位"亲民官"，这使沈括有更多的机会和社会接触，了解下层人民的真实生活状况。耳濡目染间，沈括的思想也受到了一定的影响。

父亲沈周去世后，沈家人失去了主要的经济支柱，生活压力倍增。沈括在杭州为父亲服丧三年以后，承袭父荫，开始自食其力，做了多年低级官吏。在此期间，他历任海州沭阳县（今江苏沭阳）主簿、代理东海县（今江苏东海）县令、宣州宁国县（今安徽宁国）县令、陈州宛丘县（今河南淮阳）县令等官职。沈括的职位虽低，却正是他的出身阶层和所处社会地位不高，经济情况也不宽裕，加上长期旅行在外等原因，使他能够同情、体恤劳动人民的生活不易。因而在这些日子里，他力求能为民解困，做出一点成绩。他在《除翰林学士谢宣召表》中这样说：

> 一纪从师，讫无一业之仅就；十年试吏，邻于三黜而偶全。①

从24岁开始做县吏，到33岁举进士，这十年间沈括所走的道路，可谓崎岖不平。然而无论情况如何恶劣，沈括都没有放弃自己的责任。他在沭阳任主簿时，生活异常艰苦。主簿是低微、劳苦的底层官职。沈括在他的《长兴集》中，对这个极苦极累的低阶职位有生动的描写："沭阳县方圆几百里，只要是兽蹄鸟迹所到的地方，都有主簿的工作职责。而那些往来吊问、岁时祭祀、公私百役等杂事琐事，绝大部分也由主簿兼着。"一句话，一个县百姓的吃喝拉撒睡，所有事情主簿都要管。当时沈括还年轻，有他自己的抱负，虽然担任这样低微、劳苦的县吏，却没有感

---

① （宋）沈括《长兴集》卷13。

到泄气,依旧兢兢业业。

疏浚沭河是沈括担任沭阳县主簿期间最突出的事迹。

沭河起源于今山东省沂水县境内的沂山,向南经莒县、郯城县,再流入今江苏省境内。历史上,当沭河穿越沭阳县后,因为当地地势平缓,水流速度逐渐放慢,水流中携带的大量泥沙开始慢慢沉积,导致河流容易被堵塞。一旦进入雨季汛期,就会出现排水不畅的情况,并有引发水灾的隐患。沭阳县的前任知县由于在治理沭河时处置失当,引起了被征调来的民夫的反抗。为了平息事态,朝廷任命沈括临时代理,主持疏浚工程。

沂山风光

沈括一上任就面临极为严峻的形势，当时老百姓的情绪非常激动，甚至有些失控。在这样的情况下，一不留神就有可能引发更大规模的骚动冲突。另外，时间不等人，一年一度的播种时节马上就要到了，如果不能尽快地疏浚河流，大概率会错过农时，这样将影响来年的收成，造成更大的损失。由于这种种原因，沈括在深思熟虑后决定不采取高压政策，不对民夫的反抗行为进行镇压，而是采取怀柔的方式，尽可能用缓和的态度安抚他们的情绪。他特别强调政令要前后一致、赏罚分明，并秉持他一贯的科学实证精神，前往实地勘查。之后，沈括带领数万民夫投入到沭河的疏浚工程中，不但疏通了被淤塞的河道，还修筑了两道防洪大堤，修建了九座堤堰，开通百余条水渠，灌溉沿河的田地，新增了七千多顷的良田。这些都对改善沭阳县的农业生产状况、提高老百姓的生活水平起到了积极的作用。

沈括工作勤勉负责，体恤百姓，初入仕途就取得令人赞叹的政绩。他在施政一方的同时，对科学研究依然保持着浓厚的兴趣。比如在沭阳县担任主簿一年后，二十岁出头的沈括又去海州东海县（今江苏东海）任代理县令。在此期间，他在东海县一户村民家中搜集到了专治小儿"走马疮"(坏疽性口炎)的药方,并从这个药方中分析发现此药中含有砒霜、石灰等有毒成分,因此不能过多服用,并将其记录在自己的医著《良方》中。

虽然沈括在工作中勤勤恳恳、任劳任怨,也取得了不错的政绩,但由于他不是科举进士出身,不仅一直得不到提携与重用,还有随时被解职罢免的可能。前文中沈括说自己"十年试吏,邻于三黜而偶全",就是这个时期的事。这样的局面对于从小就立志于学、抱负远大的沈括来说,是无法接受的,他必须想办法改变。于是,沈括辞去官职,开始全力准备科举考试,希望通过自身的努力改变命运。

此时,沈括的哥哥沈披正担任宣州宁国县县令。沈括来到了哥哥家,他一边紧张学习,准备科举考试;一边在学习之余游览当地的名胜古迹,并留下了许多诗作。在宣州期间,沈括还亲历了由沈披主持的一项浩大工程——修建万春圩。

## 圩田五说

圩田,也称"围田",在我国历史上是由农民创造的,是有土堤包围能防止外边的水侵入的农田。这是一种与湖泊争夺土地的造田方法，可以追溯到春秋时期：吴国在固城湖畔筑圩，越国在淀泖湖滨围田。

圩田的大规模兴建是在唐中期以后，五代时发展成熟。圩田的基本建造方法是在靠近河流、湖泊的滩涂区域或浅水沼泽区域修建堤坝，将田地包围在堤坝之内，水被隔在堤坝之外，在圩内开沟渠、设涵闸，进而实现有排有灌。早在五代十国时期，南唐与吴越两国就开始在各自境内大修圩田。这种圩田规模往往都比较大，每圩方圆几十里。

万春圩（今安徽芜湖境内）是长江南岸面积比较大的圩田，原名为秦家圩。北宋灭南唐后，这片圩田收归宋廷。宋太宗时，由于当地官员保护不力，致使圩田被毁将近80年。在这期间，尽管有不少人提出了大量关于如何恢复圩田的意见和建议，但由于遭受到来自各方的反对以及不同的声音，这些意见和建议都没有得到采纳。这种情况一直持续到嘉祐六年（1061），在时任江南东路转运使张颙、转运判官谢景温和宁国县令沈披（沈括之兄）的共同倡议下，才正式开始启动重修万春圩的工程。这个工程由沈披总负责，一共雇募14000多名民工进行施工。为此，沈括专门撰写了《万春圩图记》，详细地记录了修圩过程中民众和官

第一章 钱塘少年 初入仕途

■ 万春圩

员对于修圩的种种争论。由于赞成修圩和反对修圩两种意见的争论非常激烈，以至于震动了朝野。沈披详细回应了对于重建万春圩的众多反对意见，并且把自己的研究成果整理成文字，专程向转运判官谢景温汇报，之后再由谢景温将兴建计划上呈给朝廷。当时宋仁宗专门赐粟3万斛，作为兴建万春圩的经费。

沈括虽然没有直接参与修圩，但在他撰写的《万春圩图记》中，总结了张颙、谢景温和兄长沈披的观点，并一一反驳了之前民间流传的一些错误观点。就是在《万春圩图记》中，沈括形成了关于水利建设的卓越见解，即著名的"圩田五说"。"圩田五说"反驳了当时五种主要反对观点：

反对观点一：当夏秋汛期来临时，急需大面积的湖泽来容纳汹涌的洪峰。如果排去二十里的水面改为圩田，就会使得二十里的洪水没有归宿，当上游水涨时，洪峰泛滥，便会造成水灾，因此重修万春圩是得不偿失。

沈括认为这种观点没有根据。他经过勘察，发现汛期来临时水位虽高，但在圩的北界之外有丹阳、石臼等湖，延绵三四百里可容纳洪水。此外，当每次发大水时，圩的周围也蔓延成湖，面积像丹阳湖那样大小的不下三四个。何况万春圩的西面又和长江连接，划出二十里水面来恢复旧圩田，这对洪水消长不会产生多大的影响。

反对观点二：万春圩西南靠近荆山，沿着山麓修筑堤防，长江之水会顺着山峡流过，水流因为遇塞不畅转向东流，江水就会直灌圩区造成灾害。

沈括认为这样的假设也不符合事实。他说，荆山之西，水流宽广不过百步，如果将圩的堤岸冲着荆山曲折修建，就会空出200步的宽度来扩大长江容量，从而大大减少水流的压力。即使万一不幸发生了阻塞,也只是发生在荆山之西,不会对圩田造成危害。如果在东面再疏浚一些支流,那也可以引导洪水宣泄。有了这些办法,便再也不用顾虑会发生灾害了。

反对观点三:有人认为圩水流经的地方,底下必会有蛟龙潜伏,容易毁坏圩田,严重的还会导致圩岸崩塌。所以万春圩过去之所以遭到毁坏,实际上就是这些蛟龙在水底破坏导致的。

这个观点就纯属封建迷信的无稽之谈了。张颙、谢景温和沈披明确表示,这种情况的发生并非有什么蛟龙在作怪,实际上是因为圩水穿堤流出,天长日久,随着时间推移,堤底就形成了水潭。水潭里的水量持续增加,潭水愈来愈深,便产生了堤岸下塌的现象。如果想要解决这个问题,可以在堤岸下边筑一道复堤,将穿堤而过的水流导出,之后注入长江。如此便可以将水潭远隔在几十步外,也就不会影响到距离较远的圩堤了。

反对观点四:万春圩前身荒废以后,在这里从事纳租采茭、牧养的人有100多家。如果这里恢复成圩田,这些人可能会失业,失去生活依靠的人有可能会引起社会动荡。

沈括认为这个观点也不能成立。他说,将来圩田被修复后,是要分给农民耕种的,那些原来在这里采集茭白、进行牧养的人可以继续在这里耕种,只要他们乐于此业,就不会有怨言,也不会引起社会不安。

反对观点五:有人认为,圩的东南濒临一个大湖,堤岸不断被风浪冲击,时间久了就难以保持其坚固。

对此,沈括的观点是,这种说法并没有科学依据。考虑到当地自然状况,围绕圩田的地形并不陡峭,只存在一处大约百步宽的平缓斜坡,沿着其边缘的土垄可以种植一行行的杨柳,土垄底部也长满了一排排的芦苇。这样的话,可能受风浪蚕食的地带,就会被隔移至距堤坝百

第一章 钱塘少年 初入仕途

浙江吴兴溇港圩田农业系统，于2016年11月被列入世界灌溉工程遗产名录

步以外的地方，堤坝就不再是风浪首要冲刷的目标。另外，堤坝本身的基底就很宽阔，厚度甚至达到几丈，末端则是逐渐尖削，窄到只有几尺。堤岸本身也并不是呈直线状的，土垄的外部还有一些地势较缓的浅滩，其间杂生的芦苇也在一定程度上缓解了水流的冲击力，这样就避免了大风浪的产生，也就不会对堤坝产生冲击和侵蚀。

  沈括的观点理由充足，所提的主张也切合实际。"圩田五说"集中体现了沈括的智慧，经过他的逐点驳斥，错误的观点被一一击破。最后，他们的建议被朝廷采纳，一个崭新而坚固的万春圩终于建造起来了。这个著名的浩大工程，是在转运使张颙的亲自监督下，由8个县分工，动员了14000多名民夫，花了80多天时间，合力建造而成的。

  沈括的《万春圩图记》，描绘了劳动群众与自然环境斗争的真实情景。

  重新围圩，获益良多。当地在这次修圩过程中，再次开垦出了1270顷的新土地，这些土地都是位于水乡之中的上好良田，具备储水和排水的优势，还有很强的抵御洪水灾害的能力。

  圩的设计布局、修筑技术在当时都已达到相当高的水准。圩修筑完成后，宋仁宗赐吉名"万春圩"。由于万春圩修筑质量高,四年后的治平二年(1065),江、浙、汉、沔等地区发生大洪水,冲倒了无数民房,数以万计的民众流离失所,唯独万春圩安然无恙,经受住了大水的考验。万春圩带来的经济产出也高,根据沈括记载:"岁出租二十而三,总为粟三万六千斛;菰、蒲、桑、枲之利,为钱五十余万。"

尽管修建万春圩取得了很好的效果,但由此引发的不满、反对的声音却一直没有停止过。因为在万春圩修筑完成后,当地官员用剩下的物资在太平州芜湖县另造了一个百丈圩,不料赶上发大水的时候,百丈圩沉入水中。反对者借此捏造事实,向皇帝报告说万春圩也沉入了水中,张颙和谢景温因此被贬职。

尽管沈括的《万春圩图记》未注明具体写成日期,但根据其序言部分提及的四年后暴发洪灾、百丈圩淹没等事件来推算,大致可以推算出这篇作品是在宋英宗治平二年(1065)之后撰写的。在序言的最后,沈括颇有感慨地说,类似万春圩一般的荒废土地,在江南地区非常多,数量甚至上百。当时在荆湖、襄阳、汉水以及京东路、青州、徐州这些地广人稀的地方,荒废的农田则更为众多。以前只要开垦土地的召唤令一下,大家都会积极响应。沈括觉得,农田水利建设难有起色，很大程度上是人的观念所致，观念的落后造成了各种建设难有进展。例如，万春圩虽然修建完成，但其实人们在心里并不相信它的好处。反而由于百丈圩的损毁，让人们对万春圩的坏处深信不疑。对张、谢二人最终被贬，沈括也流露出了一些消极想法。但这并不能动摇沈括大力主张兴修水利的想法和勇于实践的决心，反而为多年后沈括积极参与"王安石变法"埋下伏笔。

# 第二章

## 入司天监　修历制仪

## 进士及第

在宋朝,科举制度得到了创新与完善,成为其发展的重要时期。在这个时期,科举制度不但日臻成熟,而且成为选拔官员、笼络士大夫阶层的重要手段。对于读书人来讲,宋代的科举制度最直接、最大的好处就是普通人可以通过这一制度进入统治阶层,成为一名官员。

在随父母宦游南北的过程中,沈括度过了自己的童年时代。正是这一段特殊的经历,培养了沈括蓬勃的求知欲和对万事万物的好奇心。但在宋朝,即便你具备了卓越的学识才情和超群的领导才能,如果没有"进士"这个金字招牌的身份,依然很难得到重用。虽然受惠于父荫,沈括当过一县主簿,但由于没有正规的科举出身,一直不能被委以重任。所以,后来沈括到宁国县投奔兄长沈披,其中一个重要的目的就是准备科举考试。

在宋代的社会体系中,欲参加科举考试的学子,必须首先通过地方上的考试(称"发解试"),考试合格,才能于次年进京参加由尚书省礼部主办的全国统一考试(称"省试")。顺利通过考试的考生可以继续参加由皇上亲自主持的殿试。最后根据考试成绩的排名,朝廷会授予相对应的官职。沈括在经历了万春圩工程后的次年(即嘉祐七年,1062),再度回到苏州舅舅家中,参加了苏州地方的科举考试,并考取了第一名(解元)的优异成绩。随后在第二年的春天,他又赶到京城参加了二月份的礼部省试。这一年的考官有范镇、王安石和司马光,考后高中金榜的进士有194人,状元是福建闽县(今福建福州)的许将。《宋史·列传》中有专门传记的人除了沈括和这位状元许将外,还有吴居厚、吴执中、虞策、龚原等人,他们都是与沈括同一年的进士。

根据当时的制度,位列进士第七名以下以及明经和其他科目的中举者,最初被授予的职位是"判司簿尉"官,而且还必须要经历守选。所谓"守选",就是他们不能直接获取接任官职的资格,而是需要等待空缺职位,满期后才能出任官员。沈括的成绩排在前六名之外,也要和其他守选的人一起等待守选期满。在等候期间，沈括回到了自己的家乡钱塘。治平元年（1064），守选期结束后，沈括被任命为扬州司理参军，负责扬州当地的刑狱诉讼。

治平二年（1065），沈括认识了后来成为他岳父的张刍。张刍是濮州鄄（今山东鄄城）人，当时任淮南路转运使。他为沈括之后的政治生涯带来了很大的帮助。宋代的转运使掌握当时的一级行政区划——路的财政权，同时还有举荐官员、为朝廷推荐优秀人才的职责。淮南转运使的治所在扬州，也就是沈括当时任职的地方。沈括到扬州后，以下属的身份去拜见张刍。两人一见如故，就好像老友重逢，相谈甚欢。张刍对沈括非常欣赏，竭力向朝廷举荐沈括。过了三年，沈括的妻子去世，张刍又将自己第三个女儿许配给了沈括。

在张刍的举荐之下，本就已是"及第进士"的沈括很快得到了朝廷的重视。

## 提举司天监

英宗治平二年（1065）九月，沈括入京，编校昭文馆书籍。从这时至熙宁七年（1074）的9年间，除了因母丧守制回到杭州之外，大部分的时间沈括都在开封。在此期间，沈括先后从馆阁校勘累迁太子中允、检正中书刑房公事、提举司天监、史馆检讨、集贤校理、太常丞、同修起居注等本兼各职。其中，兼任司天监的时间比较长，他的几项著名的天文学说，都是在这期间酝酿成熟的。

从入京时起，沈括就开始研究天文学。那个时候他在昭文馆编校书籍。宋代校书官的主要工作是校读公藏的书籍，如果发现错字，就加以改正。那时候许多同职的校书官对此项工作并没有尽心尽责，只是简单地涂改一些错别字，然后在旁边加注正确的字词，他们把这看作是一道日常的工作程序。而沈括却充分利用工作空余的时间，深入研读，致力于深造和研究。在当时，天文学是一门服务于劳动生产需要的学科，因而引起了沈括的浓厚兴趣。随着农业技术的发展，人们需要更加精准地理解和掌握季节更迭的规律。因此，沈括的学术研究就是在已有的天文学理论基础上，将实际生产中积累的经验与个人深入的观察研究相结合，进而提出自己的理论观点。经过一段时间的专心研究，他在天文学领域取得了令人瞩目的成就。在他任职于昭文馆期间，他所提出的一些独树一帜的天文学见解，受到了人们的关注和重视。

## 第二章　入司天监　修历制仪

熙宁五年（1072），沈括被宋神宗任命兼任提举司天监，至此，沈括正式成为管理朝廷天文事务的官员。后来司天监完成了新观象仪的制作，沈括因此受到奖励，转右正言司天秋官正。

在进入司天监之前，沈括已经参与了一些天文学观测的实际工作，也积累了一些实践经验。在昭文馆编修图书时，他被选中参与浑天仪的相关工作，并在此过程中提出了几个重要的天文学说。根据沈括自己撰文记载，有一次他遇到了一位重要官长，两人就一些天文学的问题进行了深入的探讨，例如，二十八宿黄道经度、日月的形状和日月食发生的条件等问题，沈括根据自身的研究成果一一做了详尽的解答。这些解答包含了沈括对于一些天文学问题的卓越见解。他不仅继承发扬了前人的科学发现，还基于这些发现进行了更为深入的挖掘和创新。在沈括所处的11世纪，这并不是一件容易的事情。沈括的见解主要有以下几个方面：

第一，沈括在用月亮盈亏的现象来论证日月的形状时，用了一个生动形象的比喻，创造性地阐明月亮有盈亏的道理。当时，官长是这样问他的：

科学文明坐标：**沈括**

> 日月之形如丸邪，如扇也？

意思是太阳和月亮的形状，究竟是像一颗弹丸，还是像一柄团扇？

沈括回答说：

> 日月之形如丸。何以知之？以月盈亏可验也。月本无光，犹银丸，日耀之乃光耳。光之初生，日在其旁，故光侧而所见才如钩；日渐远则斜照，而光稍满如一弹丸。以粉涂其半，侧视之则粉处如钩，对视之，则正圆。此有以知其如丸也。[①]

沈括首先确认日月的形状像弹丸。如果用现代科学的语言表述，日月的形状属于球体。他提出，月亮自身是不会发光的，人们看到的月光其实是太阳光的反射。月初（农历）的时候人们看见太阳在月亮的旁边，月光生于月亮的一侧，所以看起来好像钩形。到了月中，太阳距月亮的角

---

[①]（宋）沈括《梦溪笔谈》卷7《象数一》。

度渐大，日光斜照着月亮，月亮就渐渐显得圆满起来。如果我们把一粒弹丸涂上一半白粉，再从侧面看去，有白粉的地方看起来就像钩形；从正面看去，便是正圆形。沈括这种形象的说法在当时可以说是最接近科学原理的一种解释，而且用弹丸来做比喻，也使人非常容易理解。

在中国古代天文学的历史上，东汉科学家张衡也曾提出月亮本身不会发光，是它反射了太阳光，才让人们觉得月亮在发光的见解。沈括继承和发展了张衡的这一观点，并且用了更加生动形象的语言来进一步阐释，这一点在当时是非常难能可贵的。

第二，日食、月食发生的基本原理。官长向沈括提出的第二个问题就与日食有关，他是这样问沈括的：

日月之行，月一合一对，而有蚀、不蚀，何也？[1]

意思是太阳和月亮的运行，在每月初一和十五期间，总是几乎与地球处于一条直线上，可是每一次相合、每一

---

[1] （宋）沈括《梦溪笔谈》卷7《象数一》。

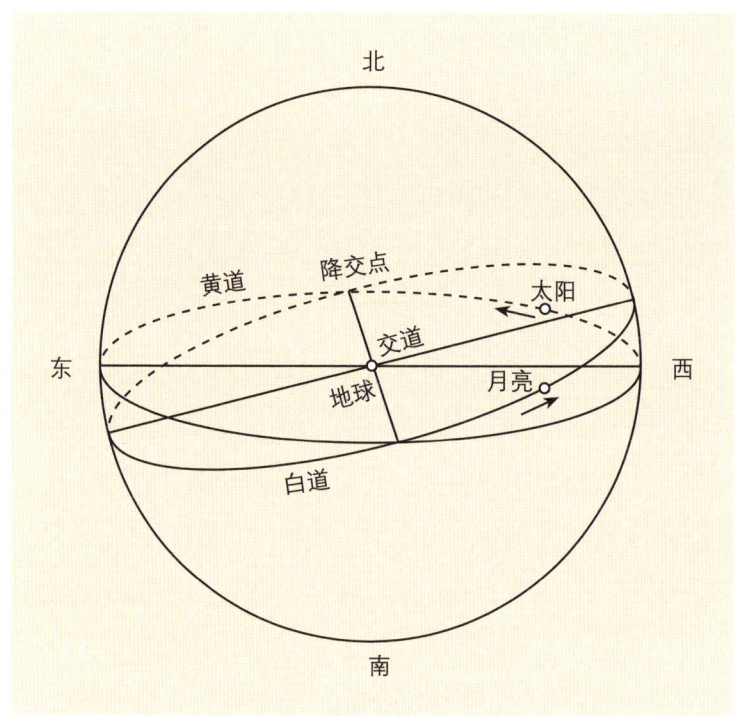

■ 黄道和白道

次相对却不一定会发生日食或月食,这是什么原因呢?

沈括回答道:

> 黄道与月道,如二环相叠而小差。凡日月同在一度相遇,则日为之蚀,同在一度相对,则月为之亏。虽同一度,而月道与黄道不相近,自不

> 相侵；同度而又近黄道、月道之交，日月相值，乃相凌掩。①

古代的天文学家，如南北朝时期的张子信、唐代的孔颖达，都对日食的发生规律有过阐释。沈括在这些学者的基础上，又进行了深入的研究，科学地说明了太阳、月亮之间的复杂关系。他指出：黄道（太阳运行的轨道）和白道（月亮运行的轨道）如同两个环相互重叠而略有错开，两者之间有一个交角。当太阳、月亮在同一黄经度上相遇，也就是当太阳射到地球上的光线被月亮挡住时，就会发生日食，日食一定发生的农历初一的时候；而当太阳、月亮在同一黄经度上相对，也就是当月亮走到地球的影子里时，没有接收到来自太阳的光，就会发生月食，月食一定发生在农历十五或十六日。因此，只有在黄道和白道交点附近，太阳、月亮和地球三个天体在近乎达到一致时，才有可能发生日食或月食。

沈括还记录了对日食和月食过程的观察，对日食、月食发生的初亏、复圆等阶段的食相，日食和月食必然从西

---

① （宋）沈括《梦溪笔谈》卷7象数一。

方开始等问题，这些都详细地记载在《梦溪笔谈》中。

根据现代天文学的观点，黄道和白道的交角约为 5°9'。初一时，太阳位置若在黄、白道交点 15°21' 以内，必发生日食；距离交点 18°31' 以上，则不能发生日食。十五或十六日时，月亮位置若距离交点 3°45' 以内，则可能发生月全食；距离交点 12°15' 以上，则不能发生月食。这就是所谓的"食限"。当然，在沈括那个年代，天文知识尚未达到这个水平，但是他已经能够初步运用日、月距离交点的远近，来说明食分的大小，这和现代科学研究的原理是完全一致的。

第三，有关交点退行的说法，是沈括天文学成就中一个非常重要的观点。交点退行，是指太阳和月亮轨道的交点沿黄道向西移动，也就是逆着月亮本身移动的方向移动，这是太阳对月亮吸引力的作用造成的。沈括提出，大概 249 个交点就是一个周期。

> 交道每月退一度余，凡二百四十九交而一期。[①]

---

[①]（宋）沈括《梦溪笔谈》卷 7 象数一。

他在前人学说的基础上指出，每月交点后退一度多，每过249个交点退一周，249个交点大概相当于十八年六个月。他的计算结果与现代天文计算结果（249.65个交点退一周）已十分接近，900多年前的沈括能得出这样的结论，已经足够让人叹为观止。

提举司天监一职，为提出上述三条天文学说的沈括提供了施展才能、大展拳脚的绝好机会。北宋时期，朝廷设有两个天文院：司天监天文院和翰林天文院。这两个天文院职能相仿，都负责观测天象，预测吉凶，但他们之间的关系则是相互监督的。每天晚上，司天监和翰林院的天文院分别对天文现象的变化进行记录，第二天清晨，再由官员将这两个天文院所做的记录进行相互对照和验证。这样设置的本意是防止出现虚假不实的记录，但令人非常气愤的是，两个天文院的官吏居然沆瀣一气，长期串通起来对记录天文现象一事敷衍了事。官员的不负责任，再加上观测天象和计时工具不准确等问题，使得观测结果谬误百出。

沈括主持司天监的工作后，针对这样混乱不堪的局面进行了大刀阔斧的改革。第一步，他对司天监的人员进行大规模调整，将那些严重失职、不负责任、弄虚作假的官员清除出队伍。第二步，引进了一批精通天文历法的新人编撰新的历法。这样调整之后，局面有了一定的改善。

同时，沈括还大力举荐优秀人才。在这方面最值得一提的，就是沈括力荐并重用卫朴一事。据说，卫朴原在楚州（今江苏淮安）北神镇一所破庙里卖卜，虽然身份低微，却是一位精通天文历算的布衣学者。沈括在《梦溪笔谈》卷18《技艺》中，对卫朴的超人才能作了十分生动的描述：

淮南人卫朴精通历法，是如同唐朝时期杰出的天文学家僧一行那样的人物。《春秋》一书中关于日食的记载有36处，历代历法家通力验证，比较精密的也不过推算出了二十六七次，僧一行推算出了26次；而卫朴竟然推算出了35次，唯独鲁庄公十八年的那一次日食，古今推算方法都没有推算成功，可能是前代史书记错了。从夏代仲康五年（戊午，2043）到宋代熙宁六年（癸丑，1073）三千多年间，文献所记载的日食总共有475次。依据各种历法进行验证各有得失，卫朴推算出来的次数是最多的。卫朴可以做到不使用测算工具推算出古今的日食、月食，并且只用口算来计算加减乘除，结果竟也可以分毫不差。凡著名历法验证过的数据，卫朴让人在耳边读上一遍，就能够全部背下来（相传卫朴是盲人）；对于民间的一些历法书籍，他也可以一字不差地全文背诵。他曾经让人抄录历法书籍，写完之后，便让人在他耳边诵读一遍。书中如果有一处的数字错了，当读到这个地方时，卫朴便说："此处的某字是错误的。"卫朴的计算精通到如此地步，即便是很复杂的数字运算，卫朴都能够运用算筹飞快地计算，旁人看着眼花缭乱。有人故意将算筹上一个数字的位置移动了一下，卫朴用手自上而下摸了一遍，摸到了被移动的算筹位置时，便直接将这个数拨正了。

对于这样一位能"口诵乘除，不差一算""运筹如飞，人眼不能逐"的奇才，沈括非常器重。他不介意卫朴的布衣身份，力排众议，破除世俗偏见，将他招入司天监并委以重任，负责编撰新的《奉元历》。

## 修《奉元历》

编修《奉元历》是沈括提举司天监时期的一个重大事件。北宋时期的历法修改频繁，每一个在位的皇帝都颁布过新的历法。虽然更换频繁，但历法依旧存在偏差，并不能很好地契合天文实际。在沈括之前采用过的历法包括《应天历》《乾元历》《仪天历》《崇天历》《明天历》五种，它们使用的时间也都有长短,有长达40年的,也有短至10年的。一般来说,用了二十多年的历法就必须要更换,但为什么会出现未及时更换历法的情况呢?对此,沈括做了分析,他认为根本的原因是这些历法都没有以实际测量的数据作为依据,只是沿用了唐代的《大衍历》进行计算,而《大衍历》年代久远,误差比较大,并且没有人对其进行勘误纠正。加上当时负责天文历法的官员也比较无能,因循守旧,最后导致"岁未五更,历凡再弊"的局面的出现。而事实上,在更早一些的时候,沈括就发现了这个问题,宋神宗曾命令历官编修新历,但由于各种原因,迟迟没有成功。沈括到司天监之后,便让精通天文、数学的新人卫朴来负责修历的工作。但即便是再次修历,由于设备不精密,新修的历法依然与实际天象有着较大的差异。同时,时任官员的不负责任,导致司天监以往的观测记录和天象资料存在较多的错误。在编新历的时候,卫朴既没有先进的精密仪器,又没有准确的基础资料,虽然纠正了一些错误,比之前的历法准确了些,但依旧不可避免地存在差错。更让人意外的是,这部新编的历法在颁布之后不久,竟然出现了月食没有验证的情况:据新历推算,熙宁元年(1068)七月望夜将有一次月食,但实际却没有得到应验。

熙宁八年（1075）正月，宋神宗决定重新校正新历，此时的沈括已经升任三司使。沈括向神宗举荐了卫朴，他建议由卫朴根据新制作的天文仪器测得的数据来校订新历。卫朴是一位没有任何背景，来自平民阶层的新人，沈括能如此重用他，并让他负责编撰和校订历法这样重要的工作，说明沈括在用人方面很有勇气，同时秉承着务实的态度，这点也恰好与王安石在变法中对人才的要求有着相通之处。

在沈括的一再坚持和举荐之下，神宗皇帝最终同意再次由卫朴来校订新历，沈括继续统领修纂新历法。在卫朴的帮助之下，沈括专心观测天象，最终在熙宁八年（1075）修纂完成了《奉元历》。这部新历法把一个回归年（即太阳再次经过春分点的时间间隔）定为365.243585天。尽管与现在的365.2422天有些许差距，但是相比于之前宋朝旧的历法，《奉元历》更贴近实际情况。经过这次校订的新历比原来的旧历更精准，赢得了神宗皇帝的赞赏。新历得以顺利启用。

《奉元历》修成之后，神宗命沈括写了一篇序言。那篇被收录进《奉元历序》的表文至今依然留存在沈括的文集中，可惜这篇序言已经失传了。

然而新历仅仅使用了19年，到绍圣元年（1094）就和它之前的那些历法一样被弃用了。仅仅19年就将一部新历法废黜，从一个侧面说明在那个时代，虽然沈括有创新的主张，卫朴有精湛的技术，但历法的精准程度依旧不算理想。同时，沈括生活在封建时代，在当时的政治形势和官僚势力的控制下，沈括这样的革新行为也是不被提倡的，改革必然会受到百般阻挠。从这个角度来说，《奉元历》是"先天不足"的。

　　在沈括主持修纂新历的时候，司天监内部和外部展开过一场激烈的斗争。那些反对修新历的人企图从根本上推翻新历，他们用"改定朔法"为题，来势汹汹，使得新历的推行岌岌可危。当时卫朴极力主张历法要精准，必须移改《大衍历》的闰朔法，将熙宁十年天正元（冬至），由午时改用子时，闰十二月改为闰正月。但是这个主张一经提出就遭到了各方面的攻击。这么一来，卫朴的主张受到阻挠，有可能无法贯彻。但是对于赞成改革的人们来说，态度是非常鲜明的，他们建议进行一次实地试验：用日晷来测定立春、立冬两个节气的日影，看看是否和历法推算相符。结果显示，要将旧朔法提早50多刻，两个节气的日影才显示出相同的长短。用事实说话，让反对的人无话可说。如此一来，修改历法的大原则才被确定下来。

另外，在修订历法的过程中也出现了一些争端。沈括、卫朴等人认为，必须从观察五星运行情况入手来验证所推日历。这个主张如果得到实现，修成的历法就一定可以超过以往水平。但那些无能的官员却纷纷反对，甚至对卫朴进行了人身攻击。沈括在《梦溪笔谈》卷8《象数二》中记载了这种事：

熙宁年间，我担任太史令，让卫朴编制新历法，节气、朔日等已经修正过来，但是金、木、水、火、土五星并没有供以检验的天文观测记录。之前修正的历法，大多只是增删旧历上的文字罢了，并没有切实地考察过天象。这种方法便是必须在每天的黄昏、拂晓及半夜时分观察月亮以及五星所在的位置，并记录在簿册内，如此坚持五年，其间剔除阴天以及白天出现五星的天数，可以得到三年的实际运行数据，然后再根据这个数据计算把它们连接起来，就是古人所说的"缀术"。当时司天监的历法官员，大多是袭承祖辈的职位，延享俸禄名号，原本都是一些不懂得历法的人，他们嫉恨卫朴的本领超过自己，便群起而攻之，多次挑起重大争议想要陷害卫朴。虽然这些事情最终都没能动摇卫朴，但是观测记录五星运转的事情还没有完成。因此《奉元历》中五大行星行度的推算，也只能是增删了旧历，纠正了其中重大的谬误，准确率也不过十之五六而已。卫朴的历法算术，从古到今没有人这样做过，却被一群所谓的历法官员排挤、阻挠，使得卫朴无法将他全部的才能发挥出来，真是非常可惜啊！

这段记载记录了当时掀起过的政治迫害，但当时究竟是什么样的状况，现在已无从得知。

新历终于修成了，所幸卫朴本人没有受到太大的伤害。但新历因为缺乏实测基础，卫朴的本领并未得到充分施展，据他自己估计，才不过使出了十分之六七。但这一回合到底还是改革派失败了。再加上无论卫朴的推算如何精准，由于受当时各种条件所限，还是会有一些疏漏，新历也并非尽善尽美。《奉元历》颁行的第二年，正月十五晚上，本来算好的月食，又没有应验。反对派乘机发难，宋神宗也向修历官追究责任。此时，沈括已经离开司天监，却依旧挺身而出，替卫朴和新历法辩护。他提出一个补救办法，让天文院的学生用浑仪、浮漏和圭表测验，每天记录天象，然后交给原撰历人用新历进行参校，如果遇到不准确的，马上改正。神宗思忖再三，采纳了这个建议。

新历没有立即被废弃，总算是沈括争来的胜利。但毕竟重修时间仓促,实测工作又由于各种各样的原因没有很到位地得到执行,《奉元历》没有达到预期的水平,平心而论,它算不上是宋代最好的历法。重修后的第十二年,即宋哲宗元祐五年(1090),又发生了所算冬至落后一天的误差。尽管如此,这个历法还是具有鲜明特色的,宋神宗就曾说过:

> 提举司天监近校月食时分,比《崇天》《明天》二法,已见新历为密。[1]

沈括在《梦溪笔谈》卷18中也客观地说,《奉元历》因为缺乏观测记录,没能充分发挥其作用,准确度不过六七成,但已经比其他历法精密了。

沈括去世186年后,他那根据实测来修历的主张才得以实现。元朝至元十八年(1281),另一位天才科学家郭守敬修成著名的《授时历》,他运用了沈括一再提倡的"数据实测"之法。《授时历》是一部先进的历法,是我国古代天文历法发展的智慧结晶。它所用的回归年周期和地球实际

---

[1] (宋)李焘《续资治通鉴长编》卷287。

科学文明坐标：沈括

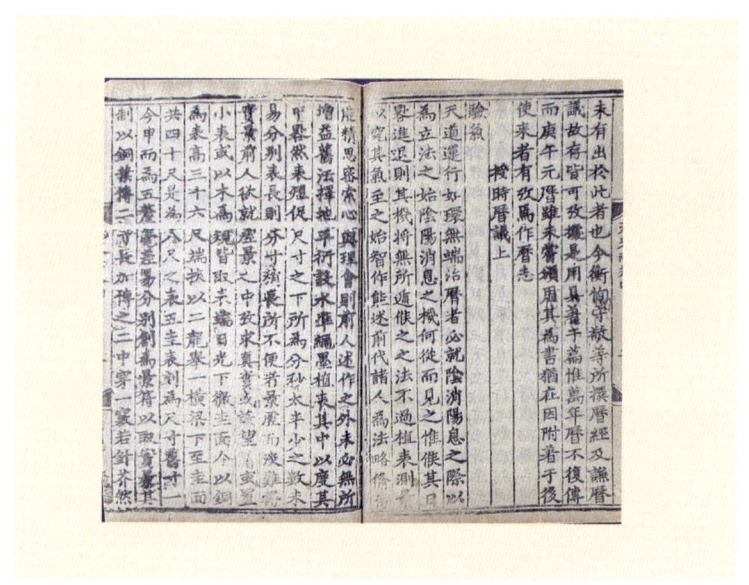

（元）郭守敬 《授时历》

公转周期只差26秒，与现在国际通用的公历周期一样。

事实上，沈括对历法的贡献不仅限于修《奉元历》，他也是《授时历》的先驱。

## 递交"三议"

沈括在提举司天监期间的第二项重要举措，就是他亲自主持对旧有观天仪器的改良工作，制定出新的浑仪、浮漏、景表等仪器。浑仪是我国古代用来测量天体坐标和两天体之间角度距离的仪器，它是以古老的浑天说为理论依据的。浮漏是通过水滴来计算时间的仪器。景表则是用来测量太阳影子长短的工具。这些传统的观测天象与计算时间的仪器经过不断地改良与创新，到了北宋，随着科学技术的进一步发展，又具备了改良的条件。

沈括早在昭文馆编校书籍时就曾参与浑仪的改良工作。当他奉命提举司天监后，他又向朝廷进呈自制的新式浑仪等模型，并递上了《浑仪》《浮漏》《景表》三议，提出了对旧有观天仪器进行改良的建议。这"三议"是沈括关于天文观测与历算研究的学术总结，也代表了当时天文学方面的最高水平。

为什么要重制新的观象仪呢？主要的原因是当时所用旧仪已经很不精确了，完全不能适应考正星历的要求。北宋政府原本有两套观象仪，一套放在司天监，一套放在翰林天文院。沈括担任司天监提举官的时候，发现这些仪器有很多缺点——不是构造过于简单，就是繁复不切实际，甚至还有"疏谬不可用"的，司天监的浮漏就是那样。为了更准确地观测天象，推算历法，改造仪器就显得尤为必要。

熙宁六年（1073）六月，沈括提出重造浑仪、浮漏的建议。同监的提举公事陈绎亲自到浑仪台检视旧仪，并经过权判丁洵等人详定后认为，如果只在旧器上修修补补，大概只能做到勉强可以使用；如果想要消灭疏谬，考正星历，就必须另行改制，从造小的模型开始。提举司天监公事陈绎等奏请改制的事项有：

第一，司天监现在使用的浑仪尺度，与标准不一致，二极赤道四分不均，规环左右距离度不对，游仪沉重难以移动，黄道映蔽横箫，游规有墨裂，黄道与天体不合，天枢内极星看不到。现在如果因循旧制进行修整，只能使游规稍微轻便些，二极赤道四分均停，规环左右距离度相对，游规没有墨裂，但其他仍旧没有改变。

第二，天文院现在使用的浑仪尺度及二极、赤道四分各不均，规环左右距离度不对，三辰游仪沉重难以移动，黄道、天常环、月道相互遮挡横箫，以及月道与天不合，天常环相互攻击难以转动，天枢内极星看不到。现在如果因循旧制进行修整，只能使三辰游仪稍微轻便，二极、赤道四分均停，规环左右距度相对，天常环、月道不遮挡横箫，其他仍旧没有改变。

第三，新制定的浑仪，改用古代的尺来均分星辰的度数，规环轻便灵活，黄赤道、天常环并侧置，以北际作为天

第二章　入司天监　修历制仪

■ 河北邢台郭守敬纪念馆中的浑仪

度，省去月道不遮挡横箫，增加天枢为二度半以纳极星，规环二极各设环框，以便于游动运转。

　　为了说明改制仪器的原理，沈括写成了著名的《浑仪》《浮漏》《景表》三议。实际上"三议"的内容，不仅仅是说明了改制仪器的原理，更重要的是全面阐述了沈括的几个重要的天文学理论。同时，还将许多当时错误的天文理论一一加以修正。因此，这三篇论文虽然是沈括用来介绍说

49

明仪器的，但其中的内容却相当丰富，从某种角度说，可以称作是我国科技史上的重要文献。

第一篇叫《浑仪议》。

浑仪是古代用来测定天体的仪器，历代掌管天文的官员，都把它当作主要的观测仪器。在这篇论文中，沈括首先说明周天度数及赤道、黄道之度等基本理论，说明了浑仪的用途，历史演变的过程，然后提出自己的学术主张以及改制浑仪的原理和方法。他在文中叙述古今仪象之法，从《虞书》的记载，到郑康成、洛下闳、贾逵、张衡等人的贡献，再说到皇祐中改铸铜仪，并将前人理论中不合理或者不方便使用的地方逐字逐句加以修正与探讨。这是一篇内容很丰富的论文，在"三议"当中也是最重要的一篇。根据这篇论文便可以知道，沈括改制的浑仪，是做了多方面创新和变革的。其中最重要的两个措施便是取消月道环和放大窥管口径。取消月道环的原因，沈括是这样说的：

今月道既不能环绕黄道，又退交之渐当每日差池，今必候月终而顿移，亦终不能符会天度。[1]

------------------------

[1]（元）脱脱、阿鲁图《宋史》卷48《天文志》，载《浑仪议》。

也就是说，旧的仪器上虽有月环，却不能正确显示月球公转轨迹，和交点退行的科学原理不相适应。又因为它掩蔽了仪器中的窥管（即望筒），所以"当省去月环，其候月之出入专以历法步之"，与其虚设而不能实际应用，那么在没有更合适的方式出现之前，索性将它取消，这也不失为一种果断的决策。

但是，在沈括的反对者看来，这是多此一举的事情。事实上，当沈括在政治上失势后，便有了对新的浑仪的各种毁谤，新浑仪被说成是沈括"以意增损，器成数年不能定，与浮漏、景表不应"[①]。元丰五年（1082），朝廷又重造了浑仪，沈括所制的新仪却不为所用。尽管如此，南宋铸造天文仪器的时候，还是用到了沈括当时所提倡的方法。例如，那时所铸浑仪不设白道仪，就是仿照熙宁以后浑仪的制法。[②]

那么，为什么要放大窥管口径呢？先来说窥管。窥管是放在浑仪中心的观测天象的零部件，是浑仪的重要组成部分。

---

① （宋）王应麟《玉海》卷4《元丰浑仪法要》。
② （清）徐松《宋会要辑稿·运历》二之16："旧制有白道仪，以考月行，在望筒之旁。自熙宁沈恬（括）以为无益而去之，南度（渡）更造，亦不复设焉。"

科学文明坐标：**沈括**

> 今铜仪天枢内径一度有半，乃谬以衡端之度为率。若玑衡端平，则极星常游天枢之外；玑衡小偏，则极星乍出乍入。[①]

也就是说，窥管所能看到的视野是很窄小的，如果只有一度半，那么对准赤道、北极（天极不动处）观测时，管内是看不见极星的。如果对准了极星，那么极星也不能常留在窥管之内。"以此知窥管小，不能容极星游转"。[②]沈括在司天监时，便开始尝试逐渐放大窥管口径，每天晚上用它观测三次，每次都把看到的极星方位，分初夜、中夜、后夜分别绘图。经过三个多月的连续观察，沈括总共绘制成图200多张。最后，沈括把窥管口径前端放大到能见视场七度，把窥管对准北极，这样管内就经常可以看到极星。沈括新制的浑仪，便是参考这个经验进行革新的。

《浑仪议》这篇文章在关于天文学理论方面也有着相当精辟的论述。文中对中国在地球上的方位和极星在天球上的

---

[①]（元）脱脱、阿鲁图《宋史》卷48《天文志》。
[②]（宋）沈括《梦溪笔谈》卷7《象数一》。

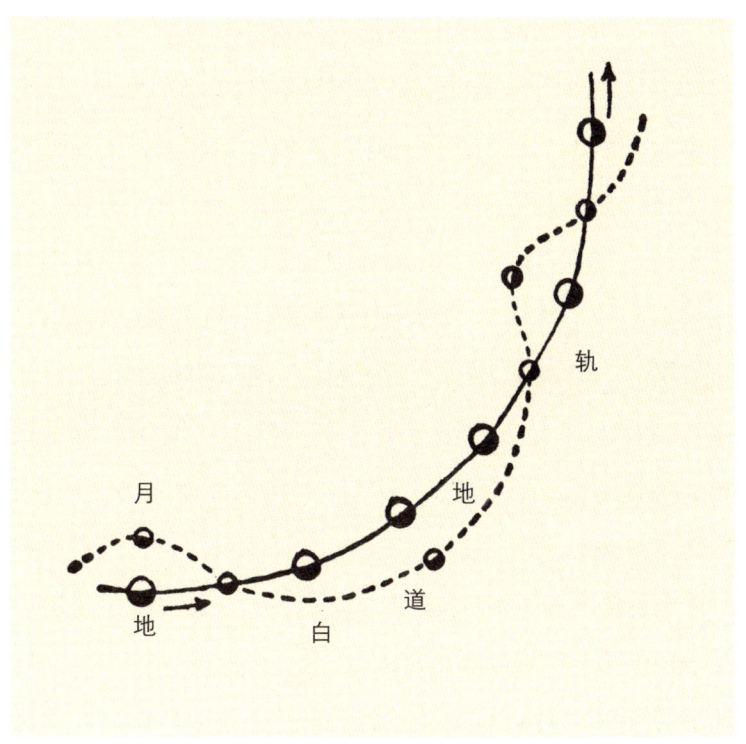

■ 月球对太阳的运动曲线

位置都做了科学的说明。沈括用地面定向的原理作论据，指出"日之所出者定为东，日之所入者定为西"①，对之前"中国于地为东南""天极不当中北"的错误学说进行了驳斥。

---

① （元）脱脱、阿鲁图《宋史》卷48《天文志》。

地球上所用的方向，是根据地球的自转或天球的周日运动而定的。日出的方向为东，日落的方向为西。从这个意义上来讲，真正的东是地球自转的方向，真正的西是和地球自转相反的方向。而日出、日落的方向全世界各地无不相同。单凭"徒见中国东南皆际海"就认为中国是在地球最东南的角落，其实完全是一种错觉，也是错误的提法。

关于"天极不当中北"的说法，沈括利用唐代南宫说等人测量北极高度的结果，在不同纬度的地平面观察极星。通过观察可以看见，极星离地面的高度是不相同的：从低纬度逐渐向北，极星位置离地面越来越高。从安南都护府（今越南河内）到浚仪（今河南开封）太岳台，两地相距6000里，而北极高度相差15度。依此推算，当走到地球最北端时，看到的极星必然是正位于天顶。所以，沈括认为"天极不当中北"的说法，是很难站得住脚的。而事实上，极星也并非真的在北极。早在南朝，天文家祖暅就观察到极星距离北极有一度多。沈括也经过三个多月的观察，发现极星的位置总是在以北极为圆心的一个圆上，离北极有三度多。他所得到的结果和祖暅的又不一样。

除此之外，沈括对月球绕地球运行的规律也有准确而形象的说明。月球绕地球公转，同时又跟着地球绕太阳共同旋转，这样月球在天球上所走的路线，必然合并了这两种运动，共同绕着公共重心，沿地轨前进。因此在一年中，月道的真迹是在地球轨道附近呈波浪形前行的。沈括说："月行周于黄道，如绳之绕木。"他用绳绕木杆打比方，非常贴切形象，便于理解。

"三议"中的第二篇题为《浮漏议》。在这篇论文中，沈括着重介绍了他自己所造的漏壶以及制造原理。《浮漏议》也是我国天文史上讨论漏壶的重要文献。漏壶是古代测定时间的仪器，历朝历代的制法都不尽相同。沈括做的漏壶既参考了历代的制法，又加上了自己的创造。他在《梦溪笔谈》中就说过：

> 古今言刻漏者数十家，悉皆疏谬。历家言晷漏者，自《颛帝历》至今，见于世谓之大历者，凡二十五家。其步漏之术，皆未合天度。予占天候景，以至验于仪象，考数下漏，凡十余年，方粗见真数，成书四卷，谓之《熙宁晷漏》，皆非袭蹈前人之迹。①

---

① （宋）沈括《梦溪笔谈》卷7《象数一》。

意思是，古今谈论刻漏的有几十种说法，都有粗疏谬误之处。历法家谈日晷、刻漏的，从《颛帝历》到现在，世人所能见到的，称作大历的共25家。他们推算刻漏的方法都不能完全符合天体运行的实际规律。我曾观测天象、测量日影，并用浑仪、浑象进行校验，考核数据、操作刻漏共十多年，才初步得到合乎实际的数据，写成了四卷本《熙宁晷漏》，完全没有袭蹈前人的做法。

通过这段记载，可以看出沈括对漏壶颇有研究，既重理论也重实践。所以从某种角度来说，《浮漏议》所载的漏壶，是经过沈括独立思考后制造出来的，而并非有些人说的"随意增减"。沈括制作漏壶的规程，直至清代依然被很多人沿袭使用。现今陈列在故宫博物院里的清代漏壶，它的制造原理也是由沈括创制的漏壶制作技艺改进而来的。[①]

在沈括的这个漏壶结构示意图中，最上层的构件称为求壶，是专为下级壶供水用的水源壶。第二层叫复壶，它的作用是保证水位在指定高度，使水压恒定，超水位的多余水则流入第三层的废壶。此外，复壶中间特别安置一块

---

[①] 参考徐文麟、李文光《清代计时用的水漏壶》，载《文物参考资料》1958年第7期。

被称为"介"的隔板。隔板中心有一个达孔,在保持水流稳定的同时,还能沉淀水中杂质,防止出水口阻塞。最右侧的是建壶,由复壶匀速滴落的稳压水滴入建壶,并以容纳水量的体积,以及木质刻箭的上浮来显示时刻。

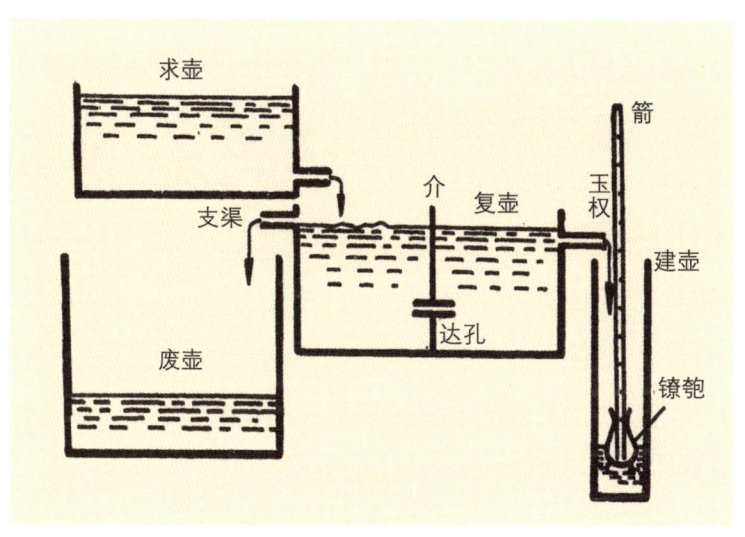

■ 漏壶示意图

沈括让求壶的水流到复壶,在这儿先缓冲一下,接着水流再通过达孔平稳地流入建壶,这样加水的时候对建壶中的水的扰动就能大大减小。同时,复壶上还凿了一条支渠,漫溢出的水由此排出,流进废壶。这样一来,建壶的水面就能完美地保持恒定了。据了解,沈括所制漏壶的误差每昼夜可小于20秒，这种计时精度至少在惠更斯发明摆钟以前是无与伦比的，可以称得上是当时乃至此后600年间，世界上最先进、最精密的计时仪器。

沈括在《梦溪笔谈》中说：操作刻漏的人经常担心冬天水流迟缓、夏天水流滑利，并认为水性原本就是这样；又怀疑是因为流水结冰后堵住了漏嘴，想方设法地想要去调整，但最终都没有达到预期。我根据理论对此进行了探讨：冬至前后太阳的运行速度比较快，天象还没有运行一个周期，而刻漏已经计时一昼夜，一天已经超过了一百刻；夏至前后太阳运行速度比较慢，天象运行一个周期，而刻漏计时还没有到一昼夜，一天还没有到一百刻。得到了这些数据后，再去核对晷景、漏刻所得到的数据，发现全部都吻合。这一点是古人所不知道的。[①]

古代用浮漏来定时刻，发现冬至的一天最长，夏至的一天最短，但是却不懂得"日行有迟速"的道理，总以为是漏壶中水的原因。所以纵然想了许多办法，浮漏还是不能和日影相吻合。经过沈括的研究，才知道是因为冬季和夏季一昼夜的长短有不同，和水流的缓急没有关系。这在当

---

① 参见沈括《梦溪笔谈》卷7《象数一》。

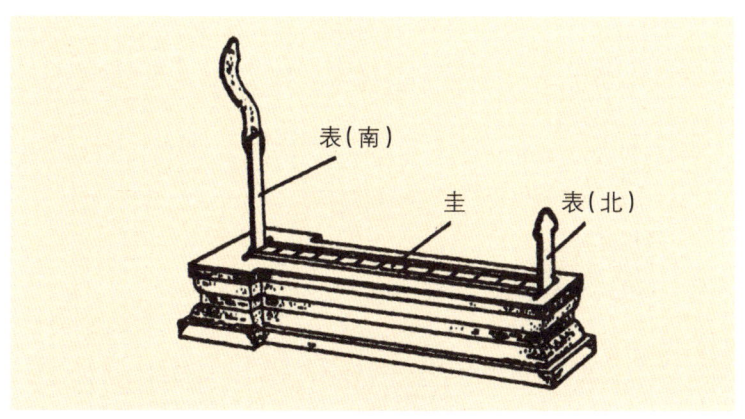
▪ 圭表示意图

时来说,是一个很有价值的发现。

  第三篇论文题是《景表议》,主要是讨论用圭表测定日影的技术。它和《浮漏议》一起被编入沈括的《熙宁晷漏》。可惜的是,《熙宁晷漏》现已失传,只有这两篇奏议流传下来。在《景表议》一文中,沈括介绍了制造圭表的原理和所用测影定向的方法。他在测影的时候常常会看到"蒙气差"现象,每天随着阴晴风雨,变幻无常。所谓"蒙气差",就是天体发出的光,从没有空气的空间进入地球大气时,所发生的光线折射。为使测到的影能够符合太阳升起和落下的实际规律,沈括提出一个新的测影方案,用三个候影表来观测影差。可见,当时沈括的测影技术已经很

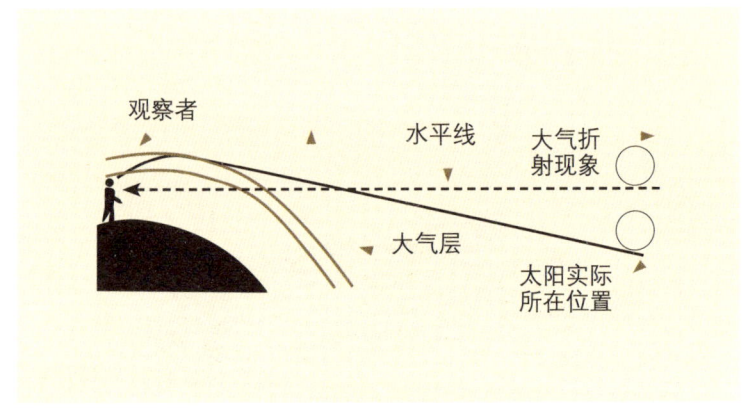

● 大气的折射现象示意图

成熟了。沈括用"浊氛""烟气尘垒"等来解释"蒙气差"现象的原因。同时,他通过观测进一步发现,观测时看到的天体方向,因为光线折射的缘故,和实际方向并不一致。例如,当天体在地平线以下时,它上升得比实际要早,降落时也比实际要晚,以致"入浊出浊之节,日日不同"[1]。沈括把这个发现写在了《景表议》中,这不仅丰富了"蒙气差"学说的内容,也让读者知道,沈括在测量时已将这些因素估算在内了。因此,沈括对当时的测影法也做出了巨大的贡献。

---

[1]（唐）魏征《隋书》卷19《天文志》。

## 第三章

# 出使辽国　绘制地图

## 撰《熙宁使虏图抄》

宋朝建国以后,与北方的辽国和西北的西夏等少数民族政权经常发生冲突与摩擦。景德元年(1004)的"澶渊之盟"虽然结束了宋辽之间的长期战争,使两国边境地区得以维持相对稳定平静的局面,但是辽国仍有南下鲸吞大宋的野心。两国之间的局部领土纠纷时有发生,反映出和平局面背后潜伏着的矛盾。

宋朝的河东与辽的蔚州(今河北蔚县)、应州(今山西应县)、朔州(今山西朔县)等州接壤。到宋神宗熙宁年间,辽的实际边界已从古长城向南移了三十余里,到达黄嵬山(今山西原平市崞阳镇西南方向)北麓。熙宁六年(1073)冬天,辽派来使节,说宋在上述三个州设营建屋,侵犯了辽国的土地,同时借机提出,两国应该以分水岭为界,重

● 辽代石佛头像

新划分边界。分水岭是指两个流域分界的山脊，是一个统称，凡是山都有分水岭，并不是一个特定的地名。很明显，这个无理的要求是辽国的挑衅行为，但宋神宗却一味妥协，同意两国重新商定边界。

## 第三章　出使辽国　绘制地图

熙宁七年（1074）三月，辽国再次派遣使节萧禧来宋。宋神宗接见了他。神宗提出宋辽双方各派官员去边界，共同察看并商议两国的边界事务。七月，宋神宗派遣刘忱和吕大忠一起与辽国来使交涉相关事宜，共同勘定河东地区的边界。宋使坚持认为不存在宋国侵占三州地界的说法，辽使则坚持蔚、应、朔三州与河东应以分水岭土垄为界。而经双方现场查勘，根本没有所谓的土垄。双方互不相让，谈判也从夏天一直"拉锯"到了秋冬，辽使最终恼羞成怒，坚持要将河东的黄嵬山作为两国的分界线，并声称如果不答应辽国使团的要求，就决不回国。宋国派人与其展开会谈，但辽国就是不肯让步。面对辽国的强硬态度，宋神宗再次妥协，任命当时担任知制诰（专掌内命、典司诏诰的官吏）的沈括以代理翰林院侍读学士的身份担任回谢辽国使，任命西上阁门使、荣州刺史李评代理四方馆使，作为副使出使辽国，同辽国皇帝商定两国地界的纠纷问题。沈括被任命为赴辽使节之时，他还是河北西路的察访使。熙宁八年（1075）二月，沈括回到朝廷，准备出使辽国。

沈括受命之后，为了不辱皇命，立即赶往枢密院查阅相关文件。在查阅过程中，他竟意外地发现辽国几年前写给宋朝讨论两国地界的一封书信，信中明确指出两国以石长城为界，但现在辽国却执意要以黄嵬山为界，两者之间相距三十余里。沈括立即向神宗汇报此事。宋神宗得知后又惊又喜，将这封书信拿给辽国使节。面对眼前的事实，辽国使节无言以对。此事之后，神宗特别高兴，派人赏赐沈括一千两银子，同时批评"两府不究本末，几误国事"。沈括尚未出使就给了辽国一个有力回击，但也因此无意中得罪了中书省和枢密院的执政大臣，为日后受到打压埋下了伏笔。

熙宁八年（1075）四月，萧禧回到辽国。沈括、李评一行也即将开始出使辽国的行程。彼时，沈括的兄长沈披正在河北担任沿边安抚副使一职。出使辽国前路漫漫，沈括担心凶多吉少，万一期间谈判失败，导致关系破裂，两国的军事冲突就不可避免。兄弟情深，于是临行前沈括与沈披进行了一次长谈。他向哥哥分析了之后可能会出现的情况，并希望哥哥能够对这些情况提早做好应对准备，防止辽国入侵。同时，沈括还起草了一份奏章委托沈披转呈神宗皇帝。他说，如果这次出使不成功，他不能按时回国的话，辽国必将发动大规模的军事行动，因此，他在奏章中还提出了宋朝军队如何抵御辽国入侵的办法。对于这次出使，沈括不仅做好了充分的出使准备，还对万一谈判失败

## 第三章 出使辽国 绘制地图

可能产生的严重后果做了周密的应对方案。

沈括一行在五月下旬到达辽国，他由河北白沟河（今河北拒马河）出发，经古北口、富峪馆（今内蒙古赤峰宁城甸子乡）到辽中京、松山州（今内蒙古赤峰松山城子乡），过潢水（今内蒙古赤峰克什克腾旗西拉木伦河），直达单于庭犊儿山（今内蒙古赤峰巴林左旗乌兰坝一带）。辽国派遣枢密副使杨益戒，以及此前曾参与两国边界谈判的梁颖等人和沈括商定地界。双方在谈判桌上唇枪舌剑，针锋相对，互不相让。

沈括在出使辽国之前做的准备充分而周密。他搜集了大量的资料，这些资料多是关于当时宋辽商定的边界事宜的。沈括对这些文字资料进行分析，并加以熟记。因此，当辽国提出要以黄嵬山作为两国边界时，沈括根据之前查阅的资料，有理有据有节地加以反驳。几天后，在辽国枢密副使杨益戒设的欢迎宴会上，沈括强调自己此次奉大宋皇帝的旨意来到辽国，并不仅仅是为了两国边界问题，也是为了向辽国表示友善的态度。沈括提出，为顾及两国之间的友好关系，大宋已经做出了多次让步，更何况黄嵬山、天池子一线确实一直以来都是大宋的领土。沈括说："今北朝利尺寸之土，弃先君之大信，以威用其民，此遗直于我

西拉木伦河

朝,非我朝之不利也。"①这番话表明了大宋爱好和平,又决不惧怕战争的鲜明态度。宋辽双方经历了六轮艰苦的辩论,唇枪舌剑,颇为激烈。据说,聚集在谈判场所周围旁听的人达到一千多人。最后,沈括凭借自己渊博的学识、对

---

① (宋) 李焘《续资治通鉴长编》卷265,熙宁八年六月壬子条。

第三章 出使辽国 绘制地图

相关情况的了然于胸以及出众的口才与辩才,使辽国不得不做出让步。

沈括在非常艰难的情况下出使辽国,在谈判中坚持立场,据理力争,最终使得辽国有所让步,使当时紧张的宋辽两国关系暂时得以缓解。但宋神宗却没有珍惜沈括的艰辛努力,他拒绝了王安石等大臣对此事的建议,执意妥协,最后还是将代北三州、古长城以北的部分土地割让给了辽国。

按照惯例,北宋的官员出使辽国,都要将出使的情况,包括沿途的山川地理、风土人情等所见所闻,以及与辽国交涉的来龙去脉等情况事无巨细地记录下来,整理形成书面材料,回国后呈报朝廷。沈括也按惯例将自己使辽过程中的见闻和经历编撰成《熙宁使虏图抄》(又名《使契丹图抄》)。由于种种原因,这些官员的使辽记录绝大部分都已

69

经湮没在滚滚的历史大潮之中，但沈括的《熙宁使虏图抄》非常幸运地得以保存下来。

《熙宁使虏图抄》曾被收录进了沈括的《长兴集》中。南宋初年，处州（今浙江丽水）的地方官员高布，将沈括的《长兴集》和沈括的两个堂兄弟沈遘、沈辽的文集《西溪集》和《云巢集》合刻为《沈氏三先生文集》。高布在处州刻书刊印的时候，沈遘的孙子沈元用正是处州太守，因此就以太守祖父的文集《西溪集》作为这部三人文集的头一部。现在我们能看到的完整本子，仅见于明代《永乐大典》卷10877中，这部书被引作"宋沈存中《西溪集·熙宁使虏图抄》"，《西溪集》应是《长庆集》之误。在历史的兜兜转转中，《熙宁使虏图抄》借助《永乐大典》得以保存，为我们了解沈括出使辽国的经历留下了十分宝贵的第一手资料。

《熙宁使虏图抄》共有两卷，是当时宋使臣出使辽国的记录中最详细的。由于沈括到达辽国的地方比较多，他又在《熙宁使虏图抄》中准确记录了他们路上休息的馆驿和这些馆驿间的路程与方位。因此，这些记录对宋朝朝廷了解宋辽边境上的驻防设施、兵力配备，辽国的军事部署、风土人情以及边境居民的经济生活等都有很大的帮助，同时也为今人研究辽史提供了第一手的丰富史料。

在这些记录中，从古北口到辽代中京这一段的记载尤为珍贵。沈括一行从古北口出宋，沿途迂回曲折，终于到达辽国的中京。之后又往北走了一段，渡过黄河的石桥，最终到达庆州（属辽国上京道，治所在玄德县，今内蒙古巴林右旗北境白塔子古城）东北的犊儿山。关于这段路程，各种史料记载都不详细和准确，沈括的记录便尤为可贵了。他记载得非常详细而且精准，不仅记录了山川、馆驿、里程、方向，而且将道路的艰难险易及其原因，山川地势的高低，河流的宽窄，以及沿途的景物，都做了详实的记录和说明。

沈括还制作了立体模型图。在他刚到定州（今河北定州）的时候，在西山和唐城之间奔波了二十多天。

> 予奉使按边，始为木图，写其山川道路。其初遍履山川，旋以面糊、木屑，写其形势于木案上，未几寒冻，木屑不可为，又熔蜡为之。皆欲其轻，易赍故也。至官所，则以木刻上之。上召辅臣同观，乃诏边州皆为木图，藏于内府。[1]

---

[1] （宋）沈括《梦溪笔谈》卷25《杂志二》。

沈括详尽地了解了这一区域的山川地形，并用"胶木屑熔蜡法"制作立体的山川地图。这种方法是采用黏性较强的面糊和木屑，在木板上摹塑出这些山川地势样貌来。到了冬天，北方的天气变得寒冷而又干燥，木屑等物无法粘住了，聪明的沈括又用融化的蜡来制作地理模型，而且还很轻便，容易携带。回到官署后，沈括便根据这些模型雕刻成木图献给朝廷。宋神宗召集大臣们一起观看，非常满意，立即命令边境各州县都按此方法制作木图，收藏在宫内。

其实，在沈括之前，我国古代已经有人制作过地理模型图。沈括在前人的基础上，亲自走访勘测，反复试验，最后制作成木头地图。又因为这个地图比例尺较大，所以地图上的各种信息较为准确。在欧洲，这种地理模型图一直到18世纪才在瑞士出现，比沈括晚了700余年。

## 绘《天下州县图》

沈括在地理制图方面的卓越才能，给神宗皇帝留下了深刻的印象。熙宁九年（1076）八月，在沈括出使辽国回京后，朝廷便将绘制全国总图的任务交给了他。后来沈括历

## 第三章 出使辽国 绘制地图

经宦海沉浮，在戍守西北边境，抗击西夏时，屡建战功，却因永乐城之战失利受牵连而遭贬随州，三年困顿，但他始终都没有忘记这个任务。一直到宋哲宗元祐三年（1088）八月，沈括才将完整的地图全部绘制完成，耗时整整十二年。这套地图便是《天下州县图》。

元丰五年（1082）十月，沈括被贬至随州（今湖北随州），只能领取半俸，而且没有行动自由。随州古称汉东

■ 西夏文字

郡，位于汉水流域，东北面是桐柏山区。这里交通不便，地方闭塞，经济较为落后，在宋朝经常成为贬谪官员的去所。沈括在这里的三年时间里，可以说是他一生中最为忧伤和难过的时光。即便如此，他还是考察了江汉间的地形，确定了古云梦泽的位置。

元丰七年（1084）二月，刑部上奏说，沈括可准赦量移。"量移"的意思是可以释放和调动地方。但宋神宗没有答应，要他"更候一赦取旨"，也就是到下一次大赦时再说。

元丰八年（1085）三月，38岁的宋神宗驾崩，年仅10岁的皇六子赵煦继承皇位，是为宋哲宗。哲宗继位之后，循例大赦天下。说好的"下一次大赦"的机会竟然那么快到来了。通过这次大赦，沈括被改授秀州团练副使、本州安置，仍不得签判书写本州公事。"安置"，也是对官员的一种处罚。安置在秀州，即只能住在秀州，不能到秀州以外的地方活动。秀州地处现在的浙江嘉兴，离沈括的故乡钱塘不远。

这一年冬天，沈括奉诏书从随州出发，中间经过安陆（今湖北孝感），到达汉口（今湖北武汉），再经江州（今江西九江），过润州（今江苏镇江），终于在当年年底来到了秀州。秀州虽不是沈括的故乡，但和钱塘一样都是属于两浙路，沈括更适应这里的气候和环境。虽然自由仍然受到一些限制，但能回到与故乡相隔不算太远的地方已经是非常不错的境遇了。沈括在秀州总共住了四年。在这里，沈括看着熟悉的江南美景，听着熟悉的乡音土话，心情似乎没有在随州时那样郁闷了。他在官署的西面建了一座啸诺堂，还特意作诗一首：

> 草满池塘霜送梅，林疏野色近楼台。
> 天围故国侵云尽，潮上孤城带月回。
> 客梦冷随风叶断，秋心低逐雁声来。
> 流年又喜经重九，可意黄花是处开。
> ——《秀州秋日》

沈括的这首诗写尽秋天景色，草满池塘，蜡梅将开，冷梦已逝，大雁飞来，又是重阳日，处处菊花开。沈括此时的心境确实与刚刚被贬到随州时的颓废落寞大为不同了。

在秀州的四年，沈括不再颓废，重拾学术理想，专心致志地编绘地图，最终绘制完成了北宋地图集——《天下州县图》。

■ 浙江嘉兴子城遗址公园

  沈括绘制的《天下州县图》包括：总图大、小各一轴，分图十八轴，共二十轴。其中大图高一丈二尺，宽一丈。这是当时最精密、最准确的全国行政地图。

  这套地图的绘制开始于熙宁九年（1076），那时，沈括还在朝为官，担任三司使，奉宋神宗谕旨编绘。但因为各种事务在身，绘图工作始终是断断续续。后又两度遭贬谪，期间又曾戍守边疆，前后共计十二年，但沈括一直忘不了绘制地图一事，总是将图稿携带在身边，虽然断断续续，却

## 第三章　出使辽国　绘制地图

一直坚持不懈，不曾有过放弃的念头。直到元祐二年（1087），他终于完成编绘，申报到尚书省，元祐三年（1088）得到宋哲宗嘉奖。

沈括在《进守令图表》中说道：

> 遍稽广内之书，参更四方之论。该备六体，略稽前世之旧闻；离合九州，兼收古人之余意。四海可以隃度，率土聚于此书。①

可见，沈括在绘图时花费了大量心血，参考了许多图书，查阅了无数历史资料，使地图集绘制精详，内容丰富，工作完成得很不轻松。依分路图的幅数来看，其分路标准是采用成图时的十八路制度。沈括将这套图命名为《守令图》，也叫《天下州县图》。理由是所绘疆域，仅限于北宋王朝权力所及的范围，其中包括设置有郡守和知县等官的地方。此外，凡宋王朝统治力量未及之处，也就没有被纳入图内。这和近代绘制地图的原则完全相符。

《天下州县图》的一个突出亮点就是其绘图技术，它吸

---

① （宋）沈括《长兴集》卷16。

■ （宋）范宽 《溪山行旅图》

收了我国历史上优秀的绘图技术精华。过去有所谓的"六体"绘图方法,沈括对"六体"中的"分率""准望"二法非常有研究。所谓"分率"和"准望",用现代地图学的术语来讲,就是比例缩尺和方位,这两样都是制图学上最基本的法则,已经与现代制作地图的某些理念非常接近。《天下州县图》的缩尺,是以两寸折一百里,比提出"六体"的西晋裴秀的《方丈图》比例要大一些。裴秀所提出的"高下""方斜""迂直"等绘制方法,也被沈括用来校正地形高低、道路弯曲,以求得真实的数据。同时,沈括又将过去所用的"四至八到"的定位方法加以改进,编写在地图说明书里,用新的"二十四至"来标注州县方向。

"二十四至"就是用十二支及"甲、乙、丙、丁、庚、辛、壬、癸"八干,以及"乾、坤、艮、巽"四卦作为标准,用这个方法来确定方位,更加精准。只要经过仔细考察,就可以将地点绘制成图,该图和真实情况丝毫没有差异。元朝航海罗盘针所用的"二十四至",就是利用沈括这一重要方法创造出来的。能够运用这样精确的方法指示方位,当然和利用指南针进行测量也有很大关系。沈括对指南针很有研究,家里收藏了很多种类的指南针。此外,沈括还有一个弩形测量仪,用这个仪器测量山,能计算出山的高度、广度和距离,这也是绘制一幅精确地图所必备的工具之一。

《天下州县图》虽然已经失传了,但它比同时代的地图更为精确,这也是不争的事实。

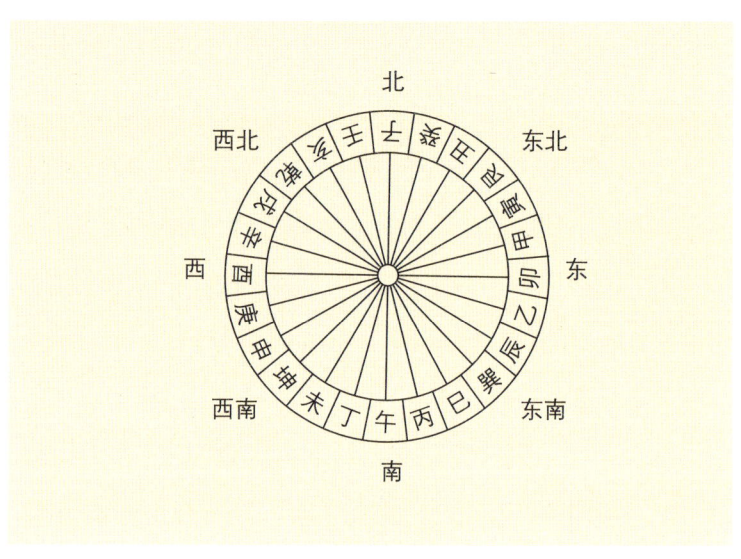

■ 二十四至图

## 第四章

# 归隐润州 梦溪笔谈

## 从秀州到润州

哲宗元祐三年(1088),沈括将自己十二年苦心绘制完成的《天下州县图》进献给朝廷。之后,他终于等来了宋哲宗"仍许于外州军任便居住"的特赦令。

沈括带着家人离开秀州到达润州(今江苏镇江),后来就一直居住在那里。

沈括与润州有着非常奇妙的缘分。熙宁十年(1077),沈括谪守宣州时,曾托一位道士在润州买下一处园圃,但没有去看过。六年后,他又在浔阳(今江西九江)建了一处住所,准备将来依栖庐山终老。但是,从随州移居秀州的中途,沈括在润州的一次偶然停留,却让他做出了一个影响人生的决定。

古时运河沿岸的船家笃信着这样一条行船法则:"未晚

先投宿，鸡鸣早看天。"沈括去秀州的路上，船行到润州的时候，天还未晚，沈括就投宿在一个靠江边的小旅舍。看到天色还早，沈括就带上随从，去探访先前所买下的园子。

走着走着，他看见街道旁边有一个旧院落的门首，青砖垒的门楼虽然有些残破，却也中规中矩，气象巍然，上面嵌的横额是磨砖镌刻的三个行草字，只有一个"园"字是完整的，另外两个字被风雨侵蚀得模糊不清，好像是"流芳"，又好像是"泄玉"，看来是一个不错的私家花园。隔着门楼两边的白墙青瓦望去，只见园内竹叶参差、绿树荫荫，有叫不来名字的白花点缀其中，隐隐还听得有水声淅沥，如鸣佩玉，一下子提起了沈括的兴趣。他叫停了随从，上前推门求访，不想正是自己所购的园子。

园子里的景色果然非常幽美：整个园子由两个土丘和一片平地构成，丘上丘下都种满了青竹和树木，桃、李、枫、栎、松、杉样样俱全，树木大都有二十多年光景，正是葱郁茂盛之年。另有两棵老榕树大约是古木，枝条盘曲，颇有龙钟之态，夹杂在四面青枝翠叶之中，倒也相映成趣。最妙的是，两丘间不知何处钻出一条小溪，宛转曲折，绕行全园，不论走到哪里，都能听到溪水流淌的潺潺之声。那小丘上各有一亭一榭，丘下有白墙青瓦的堂房五间，呈

## 第四章 归隐润州 梦溪笔谈

■ 沈括本人题写的"梦溪"石刻

"凹"字形，旁边左为花圃、右为菜畦，正值夏花寥落、秋菊方开之时，喇叭花挂满了篱笆，菜畦里却是茄子紫、南瓜黄，果实累累。这一切的景致，全部由一条二尺宽的石子小路串联起来，行走在其间，真有曲径通幽、柳暗花明之感。

奇妙的是，沈括游览其间，竟然产生了一种熟悉的感觉，仿佛是以前什么时候来过，是钱塘的沈家老宅？抑或是母亲的苏州娘家？细细想来，都不太像，那会是哪里呢？忽然，他恍然大悟：是在梦中，曾反复地见过与此十分相近的景像。

原来，沈括在三十岁前后曾经梦见过一处清溪花山相映成趣的景观。这个梦后来他经常做到，周围的景象、细节也越来越清晰，如今看了这园子中的景致，居然和自己梦中所见一模一样。

沈括认为这是缘分，特别是那条令他印象最为深刻的时刻叮咚作响的小溪，所以当朝廷许他外州军任便居住时，他就决定放弃浔阳之居，选择了定居润州。

沈括在润州购置的田园，在当时的丹徒县朱方门外，也就是在今天镇江市东郊，乌风岭之南，解放路东，镇澄公路北。在那里，沈括开始按照自己的梦境修建一座美丽的花园。在这座花园里面，屹立着一座小山，山上覆盖着满满的花草，锦绣灿烂，沈括将这座小山起名叫百花堆。山下有淙淙的泉水，从山间流出后，环绕着花园的一角，水色澄澈，还有乔木荫蔽着。沈括决定将此园取名叫作"梦溪园"，以此来纪念他多年来常做的好梦。

沈括的居室，簇拥在花丛当中，花园的西侧被花竹环绕着的，是他日常休憩的壳轩。轩下有花堆阁，花堆尽处有茅舍，叫岸老堂。从花堆阁中俯瞰，只见一片绿油油的田野。花堆的西头，种满丛丛簇簇修长的幽竹，叫作竹坞。有墙围绕住的尖端，叫作杏咀。篁竹深处，有宴游所在的萧萧堂；竹丛南面的水滨，有轩名叫深斋。山上还有一座高耸的凉亭，叫作远亭。山间路边，有一座休憩的小亭，唤作苍峡亭，临亭下望，就是那潺潺的梦溪。

第四章　归隐润州　梦溪笔谈

■ 梦溪园全景图

搬入梦溪园后，沈括在这里过的完全是"与世隔绝"的隐居生活，除了读书写作，他终日寄情于这优美的山水之间，或在泉上垂钓，或在湖中划船，或在竹林中静坐抚琴。此时的沈括心中仰慕的只有陶潜、白居易和李白这些古人。他把琴、棋、禅、墨、丹、茶、吟、谈、酒，称为"九客"，这些都是他的好朋友。

## 潜心修成巨著

居住在梦溪园的日子里，沈括静心整理自己的著作。他将平日的见闻和谈论编写成数十篇文字，汇集成为一本综合性著作，取名《梦溪笔谈》。

对于这个书名，他在《自序》中是这样写的：

> 予退处林下，深居绝过从，思平日与客言者，时纪一事于笔，则若有所晤言，萧然移日。所与谈者，唯笔砚而已，谓之《笔谈》。

由此不难看出，这部书是沈括在晚年陆续写成的。书名虽叫"笔谈"，实则是一本内容丰富的学术著作。这本著

## 第四章 归隐润州 梦溪笔谈

梦溪园实景

作包含了沈括毕生的科学研究,还有当时的诗文掌故,以至街谈巷语、杂说奇闻,无不兼收并蓄。

关于《梦溪笔谈》的成书时间,对沈括推崇备至的英国著名中国科学技术史专家李约瑟博士认为是元祐元年(1086)。另一位研究沈括和《梦溪笔谈》的专家胡道静先生则认为该书撰述于宋哲宗元祐年间(1086—1093),而且大部分是写于沈括定居润州梦溪园之后。宋史大家李裕民先生在上述两位学者的基础上进行了进一步考证,他认为《梦溪笔谈》最早于元丰六年(1083)就开始撰写了,到元祐元年至元祐二年期间(1086—1087),沈括迁居润州以前就已经基本完成了26卷书稿的写作。到润州梦溪园之后,沈括对已经成稿的著作进行增删润饰,大约在元祐七年到元祐八年(1092—1093),沈括又继续写了《补笔谈》3卷,作为补遗,之后又有《续笔谈》,最终成就为30卷的规模。也就是说,沈括从永乐城之战后被贬谪、软禁在随州开始,就全身心地投入到《梦溪笔谈》的撰写之中。在他前往润州的过程中,其实《梦溪笔谈》已经基本完成了。

《梦溪笔谈》

## 第四章　归隐润州　梦溪笔谈

《梦溪笔谈》的内容特点在于涵括面广、资料丰富。在这本著作中，无论是自然科学，还是人文科学，都有大量篇幅对其进行分门别类的论述。内容包括天文、气象、历法、数学、地质、地理、物理、生物、化学、医药、文学、史学、艺术等等，可以说应有尽有。

李约瑟在他所著的《中国科学技术史》中，用了许多篇幅详细介绍了《梦溪笔谈》。他说：

> 在另一类文学作品杂录和杂记（包括笔记或笔谈）中，可以看到许多科学观察记录。《梦溪笔谈》一书，是其中典型的一种。它的作者沈括，也许是中国科学史上最奇特的人物。……《梦溪笔谈》约成书于1086年，它是最早记述磁针的书籍之一；……而且又载有许多天文和数学原理，以及化石的观察，立体地理模型制造及其他制图事宜，冶金程序的描述，和占大比例的生物学观察。全书有关科学部分，占去内容一大半。①

---

① （英）李约瑟《中国科学技术史》第一卷。

## 《梦溪笔谈》内容分类表

| 自然科学 | | 人文科学 | |
|---|---|---|---|
| 类别 | 条数 | 类别 | 条数 |
| 数学 | 4 | 经学 | 15 |
| 天文、历法 | 22 | 文学 | 34 |
| 气象 | 12 | 艺术 | 25 |
| 地质 | 11 | 法律 | 10 |
| 地理 | 16 | 军事 | 16 |
| 物理 | 5 | 宗教、卜筮 | 28 |
| 化学 | 3 | 风俗 | 4 |
| 建筑 | 8 | 经济 | 21 |
| 水利 | 9 | 史学、考古 | 28 |
| 生物 | 32 | 语言文字学 | 19 |
| 农学 | 8 | 音乐 | 44 |
| 医药 | 43 | 舆服 | 12 |
| 工程技术 | 16 | 典籍 | 17 |
| | | 博戏 | 4 |
| | | 杂闻、轶事 | 92 |
| | | 礼仪 | 15 |
| | | 职官 | 22 |
| | | 科举、翰林 | 14 |
| 小计 | 189 | 小计 | 420 |

## 第四章 归隐润州 梦溪笔谈

《梦溪笔谈》的内容不仅涉及的范围很广,而且所记载的许多知识,反映了当时最新最高的科学技术水平,所以李约瑟才把这本书称作"中国科学史上的坐标"。

这些知识大多数都是沈括自己经过悉心观察、刻苦钻研得来的,他毕生从事科学活动的成果,都在这本书中得到了体现。例如,书中记载了沈括在司天监时期的天文学说,也记载了在他主持下由卫朴修成的《奉元历》,和天文、历法密切相关的数学理论等。他在《良方》里涉及的医学研究,被收在第26卷"药议"一目,并散见于其他卷帙。

沈括察访两浙、河北,出使辽国以及镇守陕西北部,在履职的路程上所见的地理景观、地质地貌,他都留下了非常有价值的科学记录。另外,《梦溪笔谈》还记录了许多其他科学家、工匠研究的成果。例如,卫朴的历算学,毕昇的活字印刷,孙彦先的虹的成因说,李元规的天气预测,等等。所以,这本著作可以让我们了解到沈括所生活的那个年代的科技知识和科技发展水平。另外,书中所提供的某些材料,已经成为目前唯一可靠的历史文献。从这个意义上来讲,这本书在我国科技史中是具有重大贡献的。例如,毕昇发明活字印刷,就是由沈括在《梦溪笔谈》中记录下来的:

板印书籍,唐人尚未盛为之。自冯瀛王始印五经,已后典籍皆为板本。

庆历中,有布衣毕昇,又为活板。其法:用胶泥刻字,薄如钱唇,每字为一印,火烧令坚。先设一铁板,其上以松脂、腊和纸灰之类冒之。欲印,则以一铁范置铁板上,乃密布字印,满铁范为一板,持就火炀之;药稍镕,则以一平板按其面,则字平如砥。若止印三二本,未为简易;若印数十百千本,则极为神速。常作二铁板,一板印刷,一板已自布字,此印者才毕,则第二板已具,更互用之,瞬息可就。每一字皆有数印,如"之""也"等字,每字有二十余印,以备一板内有重复者。不用,则以纸帖之,每韵为一帖,木格贮之。有奇字素无备者,旋刻之,以草火烧,瞬息可成。不以木为之者,文理有疏密,沾水则高下不平,兼与药相粘,不可取。不若燔土,用讫再火令药镕,以手拂之,其印自落,殊不沾污。

昇死,其印为余群从所得,至今宝藏。①

---

① (宋)沈括《梦溪笔谈》卷18《技艺》。

意思是，雕板印书在唐代还没有广泛运用，自从五代冯道开始印五经，以后的典籍都是板印本。庆历年间，有个平民毕昇又发明了活字板。他的方法是用胶泥刻字，厚薄像铜钱边缘那样，每个单字做成一个印，用火将它烧硬。事先安设好一块铁板，将松脂、蜡和纸灰之类的东西粘在上面。要印刷的时候，就拿一个铁框子放在铁板上，排好字印，满满一铁框就作为一板，拿着它靠近火烤，等药物稍微熔化后就用一块平板压在表面上，使字印压得像磨刀石一样平。如果只印两三本，不见得有什么简便；如果印几十或成百上千本，就特别快。印刷时经常预备两块铁板，一板正在印刷，另一板便可排字，这一板刚刚印好，第二板的字也排好了。这样轮流调换着，很快就可以印成。每一个字刻几个印，像"之""也"等字，每个字都有二十多个印，用来备份一块板里有重复出现的字。不用的时候，用纸条做的标签分类标出它们，每一个韵的字做一个标签，储存在木格里面。遇到生僻没有准备好的字，立即把它刻出来，用草火烧硬，很快便可以造好。为什么不用木头刻呢？这是因为木纹有疏密，沾水后便高低不平，而且同药料互相粘边，不容易取下来。不如用泥来烧，使用完毕后再用火烤，使药料熔化，用手轻轻一拨，字印自会下

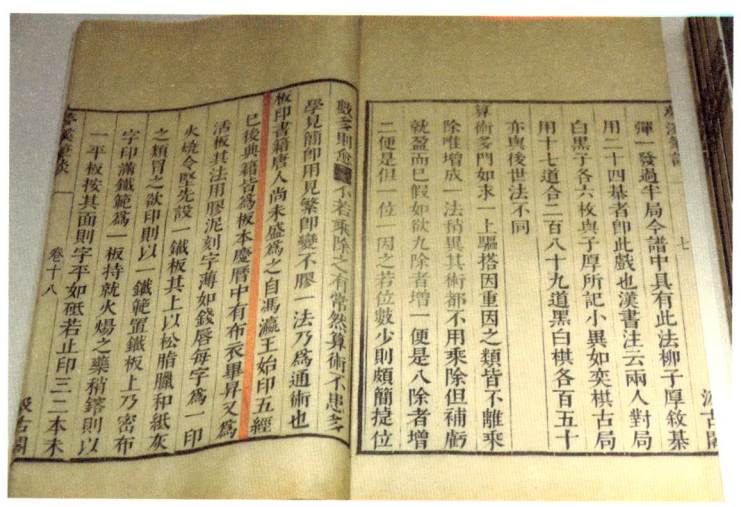

■《梦溪笔谈》中对毕昇活字印刷术的记录

落,一点也不会粘上药料。毕昇死后,他的字印被我的子侄们得到,到现在仍珍贵收藏着。

事实上,毕昇的泥活字到底是什么样子的并没有人见过。多亏有沈括不厌其详地把它记录下来,从造字、排版到印刷,完完整整,让我们到今天仍然能够清楚了解。这个记载不仅让我们知道了毕昇在印刷技术上的这一伟大革新,还知道他的这一技术已经和现代铅字排印术的原理基本相同,是一项十分先进的技术。而且后来依法仿制的人,也都能从中得到启示,做出成就。元初杨古用活字板印刷《小学》《近思录》《东莱经史论说》等书,将这种印刷技术称为"沈氏活板"。这项技术不仅在当时起到了巨大的作用，更是对后来的世界文化传播产生了深远的影响。

另外一则经常被人提及的，是关于指南针的记载：

> 方家以磁石磨针锋，则能指南，然常微偏东，不全南也。水浮多荡摇，指爪及碗唇上皆可为之，运转尤速，但坚滑易坠；不若缕悬为最善。其法，取新纩中独茧缕，以芥子许蜡缀于针腰，无风处悬之，则针常指南。其中有磨而指北者，予家指南、北者皆有之。磁石之指南，犹柏之指西，莫可原其理。①

意思是，方术家用磁石磨针尖，针尖就能够指南。不过指向常常略微偏东，不是完全指向正南方。把磁针浮在水面上常振动、摇摆不止。也可以把磁针放在指甲和碗边上，运转的速度更快，但在坚硬光滑的表面就容易落下来，不如悬挂在线上最好。操作的方法是在新锦缎里抽取一条单根的蚕丝，用芥子般大小的蜡，粘在针腰上，在没有风

---

① （宋）沈括《梦溪笔谈》卷24《杂志一》。

的地方悬挂，针就常常指向南方。

值得注意的是，沈括没有把丝以打结的方法固定在磁针上，而是以黏附的方式，目的可能是为了减小磁针适转时丝所产生的弹力，使磁针的指向更加准确。

沈括用简短的文字记录下了当时几种不同的指南仪：一种是浮在水面上的磁针，一种是搁在指甲上的磁针，一种是搁在碗边上的磁针，还有一种用丝线悬挂的磁针。这段记录让后人知道，早在11世纪，我们的祖先已经懂得使用针形的指南器，而且采取多种方法来发挥它的功能。实践证明，把磁针腰粘在新的单股细长茧丝上，最易于运转，且灵敏度高，具有很高的实用价值。近代罗盘针的构造，就是这样基本确定下来的。

当然，依靠《梦溪笔谈》保留和记载下来的科技知识远远不止上述两项。

例如，关于考古方面的知识。我国的考古学发展开始于宋代，《梦溪笔谈》中对这一点也有反映。书中关于古物出土的记录，也占有一定的篇幅。如在"器用"一卷里，记载了彝、钲、镈、铜镜、弩机、刀剑、铜钱、印章等等。值得注意的是，沈括所提供的资料反映出了当时各地的文物发掘情况——在那时已经发现了一些石器时代的文化遗

第四章 归隐润州 梦溪笔谈

■ 梦溪园内景

存。著名的雷州（今广东雷州）雷斧、雷楔，就是古代黎族人民在该地留下的石器遗物；寿州（今安徽寿县西北）八公山出土的小金饼，当时称为"印子金"。《梦溪笔谈》卷21《异事》中有记载，沈括从一个渔夫手里，得到一枚七两多重，正面有二十个印，背面有五个指头和手掌的痕迹，且纹路清晰的金饼。这条记录，是历史上有关战国时期楚的金币"郢爰"的最早记载。

地理学在宋代也有了很大的发展，《梦溪笔谈》也反映了这方面的新成就。自然、边防、经济、沿革地理……都是《梦溪笔谈》的重要内容。特别是"沿革地理"，是从宋代才开始广泛研究的。《梦溪笔谈》中载录这门学科的条目有十余条之多，比如，《禹贡》三江的考释、楚国郢都地理方位、楚章华台有异说、漳水和洛水得名由来等等，都是当时从事此项研究的学者所经常讨论的课题。

除了科学内容的记载，《梦溪笔谈》尤其值得被重视的是，它还揭露了当时的社会矛盾。书中用了不少的篇幅，来赞扬有利于人民群众的政治措施。它表现出人民对于公正生活的渴望以及对待社会现象的态度。书中也揭露了一些封建官僚暴虐的罪行，记述了北宋官僚政治的腐败等。关于宫廷生活的奢侈浪费的记载，也有很多。宋真宗统治

## 第四章 归隐润州 梦溪笔谈

的后期，朝廷的官员多苟且偷安，以为"天下太平，朝廷无事"，趁着"时和岁丰，中外康富"的机会，不顾百姓生活困苦，一味加重剥削，奢侈度日。有一次皇帝设宴，君臣从日落一直吃喝到四更天，良金重宝，尽情赏赐。皇帝还说，"恨不得与卿等日夕相会"。一国之君尚且如此，众官员养成奢靡之风，也就不足为奇了。《梦溪笔谈》中有记载说，当时天下无事，允许大臣选择胜地宴饮，侍从文馆的士大夫，经常在一起宴集，甚至市街上的酒楼食肆，也都成为提供帷帐宴饮游乐的地方。

> 时天下无事，许臣寮择胜燕饮。当时侍从文馆士大夫各为燕集，以至市楼酒肆，往往皆供帐为游息之地。[①]

宋真宗统治时期，是北宋历史的一个转折点。宋初潜伏的社会矛盾开始激化。《梦溪笔谈》如实地将当时的社会问题反映出来。此外，沈括也用许多笔墨，来探讨北宋的边疆和军事问题。粗略统计，书中有关边防事务的记载，

---

[①] （宋）沈括《梦溪笔谈》卷9《人事一》。

总数当在四十条以上。事实上,沈括在这本书中,对民族问题、边防地理所展开的研究,也是他内心发愤图强愿望的一种表达。

《梦溪笔谈》的内容非常丰富,它不仅反映了11世纪中叶最新的科技成就,也反映了当时中华大地上交织着的社会矛盾和民族矛盾,更有着非常高的学术价值,是我国古代一部杰出的著作。但由于它的写作采用了笔记体的形式,以致其科学成就受到许多限制。人们阅读这本书时,所得到的知识多是一些零星的片段,而不是系统的、完整的学说。同样的,在文史方面,书中也缺乏系统性的阐述,这不得不说是一种遗憾和缺陷。

## 第五章

# 博学多识　科学全才

　　李约瑟博士在《中国科学技术史》一书中提出了一个观点,他说:"宋代虽然军事上常常出师不利,且屡为少数民族邦国所困,但帝国的文化和科学却达到了前所未有的高峰。"在那个时代,说理的散文、哲学的讨论与科学的描述越来越多地见于各种书籍。宋朝的士大夫虽然心系天下,但也没有忽视生活中的趣味,他们除了做官从政之外,还在其他领域中有所贡献,常用"笔记"或"笔谈"的形式记载各种发现,沈括就是其中最有代表性的一位。

　　李约瑟曾给予沈括高度的评价,说道:"他可能是中国整部科学史中最卓越的人物了。"在沈括生活的时期,西方还处于中世纪,西学东渐是在明朝时才出现的,所以宋朝科学可以称得上是完全的本土化了。在众多的宋朝科学家中,沈括无疑是最杰出的代表,他所写的《梦溪笔谈》有一半以上的篇幅涉及科学知识,但许多人却常常把它们当作经验性的记录或笔记小说来看，没有领悟到其中的科学精神，从而低估了沈括及《梦溪笔谈》的价值。

## 地质地理

北宋时期，随着商业和交通的快速发展，地理学的研究也更为深入。沈括是这方面研究的代表人物之一。他少年时随父亲宦游南北，成年后自己也任官经历丰富，足迹踏遍北宋各地。他的地理记述，如对风土人情的描述，各地矿物和化石的记录，交通地理、沿革地理和地质地理的记载等，都充满了远见卓识。

例如，前文所讲述的《熙宁使虏图抄》，这一类个人亲历的实际记载，不但记录了沈括当时在辽国所见到的风土人情，而且对沿途的交通地理也有所反映，还有很大的实用意义。

沈括在《梦溪笔谈》卷25《杂志二》中记录了他对矿石的研究。如他从信州（今江西上饶）熬炼胆矾一事，认识到"水能为铜"，又通过对石钟乳的观察，认识到这是石穴中水所滴，并由此总结"土之气在天为湿，土能生金石，湿亦能生金石"。说的是，用信州铅山县苦泉舀出的泉水，经过蒸煮浓缩成了胆矾，胆矾再加热生成了铜。熬胆矾的铁锅用久了也变成了铜。水中能生铜这种变化虽说是难以推测的，但根据黄帝《素问》的记

● 胆矾晶体

载："天有五行、地有五行，土地中的气升到空中就成了湿气，土能生成金属和石头，湿气也能生成金属和石头。"上文所说的"水能为铜"就得到了验证。

胆矾即含结晶水的硫酸铜，从沈括的记述可以看出，在11世纪初，人们已经观察到铁与硫酸铜溶液经过化学置换反应后可生成硫酸铁和铜，但他们并不明白这是因为铁的化学性质比铜活泼。对于这一化学现象，我国早在秦汉时期就有认识，并将之应用于生产。沈括虽然没有发现这一化学变化的本质，但能记录古代用胆矾生产铜的实践方法，还是很有价值的。

沈括在《梦溪笔谈》中是这样记录的：

> 信州铅山县有苦泉，流以为涧，挹其水熬之则成胆矾，烹胆矾则成铜，熬胆矾铁釜久之亦化为铜。水能为铜，物之变化固不可测。按《黄帝素问》有天五行，地五行，土之气在天为湿，土能生金石，湿亦能生金石，此其验也。[①]

但是沈括记录中的"烹胆矾则成铜"一句，被认为是错误的，或者说是不严谨的。因为烹胆矾只能出现硫酸铜溶液，需要再与铁片共煮，方能得到铜。下文"熬胆矾铁釜久之亦化为铜"（铁釜也镀上一层铜），即为佐证。所以学者们普遍认为沈括所述"烹胆矾则成铜"一句是文字有误，或记忆有误。

沈括观察到地下水中也含有矿物质，这是一项非常有价值的记录。他还从解州盐池中观察发现玄精石（石膏）是咸卤津液渗入泥土积久凝结而成的，为了解释玄精石（石膏）的结晶形态，沈括用了杏叶、鱼鳞、龟甲等生物来做比喻，惟妙惟肖，形象易懂。

------

① （宋）沈括《梦溪笔谈》卷25《杂志二》。

## 第五章 博学多识 科学全才

与前人相比,宋朝人对沿革地理的研究更为重视,所以也有了更为突出的成就。例如,宋代关于地理的著作,在体裁方面已经不限于为经传作注脚,开始写一些专门的地理专著。许多沿革地理的研究也选择笔记、杂录这些体裁进行撰写。《梦溪笔谈》就是很好的例子。《梦溪笔谈》中的许多考据和学说都被后世学者所引用。如讲到北岳恒山(即宋时的大茂山),其山脊是宋、辽两国的分界线;再如,对《尚书·禹贡》所说的"彭蠡既潴,阳鸟攸居,三江既入,震泽底定"的记载,对古云梦泽,楚国郢都,章华台,漳、济二水的命名,黑水等问题,沈括都提出了自己的看法。

"三江既入"的"三江",就是一个在沿革地理学上众说纷纭的问题。在沈括以前,这个问题就有很多不同的说法,和沈括同时代的王安石、苏轼也都有各自的观点。孔安国(字子国,孔子家族成员,西汉鲁国曲阜人,习通经学,与董仲舒齐名)说:"自彭蠡江分为三,入于震泽(太湖古称震泽)后,为北江而入于海。"《尚书·禹贡》说:"彭蠡既潴,阳鸟攸居,三江既入,震泽底定。"一般论及三江的,基本上都会根据其中的"三"字对应《尚书·禹贡》中所说的"北江""中江"来立论,拼凑成北、中、南三条江的名字。沈括却不这样认为,他对照《尚书·禹贡》的上下文,从语法上阐明原句文义，修正了孔安国三江共入震泽的说法，他认为"三江"不一定有具体的所指，这与现代汉语中对"三"表示"多数或者多次"的解释不谋而合。

至于"云梦泽"，在古文献上有时单称，有时连称，究竟是同一个湖的不同叫法，还是两湖的合称，一直以来也是众说纷纭。沈括利用古本《尚书》和《左传》等典籍，参考自己的见闻，提出"江南为梦、江北为云"的观点，并大体勾勒出宋代云梦地区的大致范围："江南则今之公安、石首、建宁等县；江北则玉沙、监利、景陵等县"，[①]后来南宋的学者，如郑樵、洪迈、祝穆等，都是在这个观点的基础上立论。虽然这种说法没有成为学界公认的结论，但是沈括的主张有力地支持了云、梦是两个湖的观点。此后，直到清代，一直有人提倡和支持此论。

沈括对当时广泛讨论的很多问题都提出过自己的独立见解。在研究某个问题时，沈括一直坚持实证精神，从不拘泥于文献材料的记载。在被贬随州的过程中，他也利用机会亲自实地调查。他从随州路过安陆（今湖北安陆）的时候，就留意踏勘了云梦泽的遗址，试图从公安、玉沙（今湖

---

① （宋）沈括《梦溪笔谈》卷4《辩证二》。

北仙桃东南)等县的地形来分析、考证这个问题。

沈括在《梦溪笔谈》中对海陆变迁、流水侵蚀、古生物化石、矿物知识及地震等都作了大量记载。对于化石,沈括也有专门的观察,并提出了一些见解。早在北魏时期,郦道元就在他所写的《水经注》中记载了石鱼山的鱼化石。沈括的贡献在于,他不仅详细记载了化石,明确指出它们是古代动植物的遗迹,还根据化石推论了古代的自然环境。沈括在太行山看到横亘石壁中带的螺蚌壳,就意识到这是古生物的化石,并记录了它的沉积形态,这在那个时代是很不容易的。《梦溪笔谈》有关化石的记载还不止于此,沈括在延州的时候,就发现过一种近乎竹类的化石。这是在地面下几十尺的地方发现的,他把发现的东西称为"竹笋":"土下得竹笋一林,凡数百茎,根干相连,悉化为石。"[1]他在浙东的时候,又在婺州(今浙江金华)金华山发现过松树的化石。根据这个事实,他还推论出桃核、芦根、蛇、蟹等动植物都可以变成化石。

在欧洲,直到文艺复兴时期,达·芬奇才开始对化石的真实性质作探讨、论述,比沈括要晚四百多年。

---

[1](宋)沈括《梦溪笔谈》卷21《异事》。

■ 剧烈的地质变迁形成了太行山横亘如带的长崖

在《梦溪笔谈》一书中，沈括描述了巉岩峭壁的水蚀地形，并说明它是由水力侵蚀所致。熙宁七年（1074），沈括在察访浙东时，就曾深入温州雁荡山观察了山区的特殊地貌。他发现雁荡各个山峰都峻峭险怪，高耸于天，高崖深谷不像其他地方，山峰都包在各个山谷之中，从外面看去什么都看不见，只有进入到山谷里面才能看到山峰林

第五章　博学多识　科学全才

立，直冲云霄。此后，沈括开始研究这种地形，认为这样的地貌很有可能是被谷中大水冲击形成的，泥沙刷尽，剩下高耸独立的巨型石块。沈括也由此指出了水有侵蚀作用，地面被流水侵蚀、挖切，进而成为山岭。他又说："如大小龙湫、水帘、初月谷之类，皆是水凿之穴。自下望之则高岩峭壁，从上观之适与地平，以至诸峰之顶，亦低于山顶之地面。"[1]

意思是,像大龙湫、小龙湫、水帘洞、初月谷等处,都是水流冲刷形成的洞穴。从低处望上去,只见高岩峭壁;从高处看去,恰好和地面相平,各个峰顶也低于周围山顶的地面。

这里沈括看起来像是在欣赏风景、地貌,实则描写了水蚀地形的特点,进而研究了该地形构成的原理。

根据对温州雁荡山的观察结果,沈括运用比较法,与其他地区,特别是西北的黄土区相比较。他得出结论:"今成皋、陕西大涧中,立土动及百尺,迥然耸立,亦雁荡具体而微者,但此土彼石耳。"[2] 他指出西北黄土带的土墩正是相同的原因形成的,所不同的只是组成物是土质还是石质罢了。竺可桢对此评价说:"在我国11世纪,有此种见解,可称卓识。"

沈括根据岩石中古生物的遗迹推断出了华北平原的成因,并归纳成为普遍的原则,他提出了河流对海陆变迁起到了侵蚀作用的观点。《梦溪笔谈》卷24《杂志一》记载,一年秋天,沈括察访河北西路时,沿着太行山北行,他看

---

[1][2]（宋）沈括《梦溪笔谈》卷24《杂志一》。

第五章　博学多识　科学全才

▪ 雁荡山风光

到旁边的山崖中，杂有螺蚌壳和鸟卵形砾石，横亘石壁有如带状。他经过研究，认为这一带应该是古时的海滨。虽然当时他所看到的地方距海近千里，但他分析认为太行山东麓应该就是古代的海岸线。所谓沧海桑田，这一带的大陆由此被认为是泥沙沉积所形成的，这是对华北平原成因（冲积平原）最早的科学解释，也是第一次较为科学而系统的叙述。沈括根据古生物化石来推断海陆的变迁，这是非常准确和了不起的。

115

但是沈括并没有把研究局限于华北平原,他采取了类比的方法,从华北平原的构成推论到其他地域。他认为关陕以西,各条河流每年挟带东流的泥沙也都成了大陆的冲积土。并由此判断河流上游的泥土经过河水的侵蚀,随着水流的"运输",都会在下游沉积起来,成为大陆的泥土。这便是对河流侵蚀作用的全面概括。所以,沈括是世界上最早提出河流侵蚀作用的人,比英国人郝登早六百多年。

## 气象物候

沈括对于气象和气候,都有深入的观察与研究。他掌握了丰富的天气预测技术,而这些所谓的技术,事实上源自他对气象物候的一系列有意义的观察。这些观察的经过和结果,沈括都留下了科学的记录。

古人对雨后彩虹现象无法合理解释,甚至有一种说法将彩虹看作"能入溪涧饮水"的怪物。稍早于沈括的北宋科学家孙思恭(字彦先)认为,虹是雨中太阳的影子,所以下雨时太阳一照就会有。但这一观点并不能被世人所广泛接受。沈括在熙宁年间出使契丹时,路遇彩虹,对这一自然现象做了认真的观察和研究,并肯定了孙彦先所提出的有关彩虹成因的观点。

当时是一个新雨初霁的黄昏,沈括看到所住营帐前的小涧上出现了彩虹。彩虹的两头垂入涧中,于是他叫人渡过小涧,隔虹对立,两人中间距离有几丈远,感觉就像隔着一层轻纱一样。他从西向东望去,就可以看见彩虹;但是站在涧东向西边看的时候,就只见阳光闪烁,一点儿也看不见彩虹。因此,他在记录的最后引用同时代的科学家孙彦先的话说:"虹乃雨中日影也,日照雨即有之。"[1]通过这次观察,他指出彩虹的位置和太阳相对,傍晚的彩虹出现在东方,而且必须在一定的位置才能看到。当然这个观点放到现在,并不完美,但是在900年前持有这样的见解,已是非常领先,很有价值了。南宋时,朱熹根据沈括这一论述进一步批判了前人所谓"虹能止雨"的说法,此说法是指因云薄雨稀,才能透露日光,因为透露日光,才能看到彩虹的出现。

沈括在《梦溪笔谈》卷21《异事》中还对"海市蜃楼"现象有过多次描述,并进行了系统阐释。事实上,稍早于沈括的欧阳修也描述过海市蜃楼现象。

---

[1]（宋）沈括《梦溪笔谈》卷21《异事》。

科学文明坐标：**沈括**

■ 彩虹饮涧

## 第五章 博学多识 科学全才

熙宁年间,登州(今山东蓬莱)海上有时有云气,像宫室、台观、城堞、人物、车马、冠盖,清晰可见,被叫作"海市"。有人用迷信解释为"蛟蜃之气所为",沈括当时就认为这是不可信的。他在《梦溪笔谈》中首次对此作了记录:"登州海中时有云气,如宫室、台观、城堞、人物、车马、冠盖历历可见,谓之'海市'。或曰'蛟蜃之气所为',疑不然也。"[①]根据现代的气象科学,当空气温度在垂直方向分布反常时,会引起空气密度垂直分布的反常,从而引起光线与通常情况下不同的折射和全反射,由此会产生"海市蜃楼"的景象。这种大气光学现象在海上或沙漠中比较容易见到,因此人们有时能够看见极其遥远的景物。沈括虽然对此还无法加以科学解释,但他根据自己的见闻记录了在内陆也曾出现类似的景象,认为这是一种自然现象而非"蛟蜃之气所为"。

风是一种极为常见的自然现象,《梦溪笔谈》中对几种不同的风有过描述,例如,夏季的雷雨大风、龙卷风、盐南风、汝南大风等等。我国的一部分地区在夏季受副热带高压控制,气温高,水汽蒸发,产生对流云,引发午后的雷阵

---

① (宋)沈括《梦溪笔谈》卷21《异事》。

雨，同时往往伴有大风。这些雷雨大风常常在瞬息之间产生，会危害水上的行船，但冬天就没有这种现象。沈括在书中清楚地记录了风的各种变化。

> "江湖间唯畏大风，冬月风作有渐，船行可以为备，唯盛夏风起于顾盼间，往往罹难。曾闻江国贾人有一术，可免此患。大凡夏月风景，须作于午后，欲行船者，五鼓初起，视星月明洁、四际至地，皆无云气，便可行，至于巳时即止，如此无复与暴风遇矣。国子博士李元规云：'平生游江湖，未尝遇风，用此术。'"①

意思是，在大江大湖中行船特别怕大风天气，冬天的时候风是慢慢刮起来的，行船也可以早做防备，但盛夏时节的风常常起于瞬间，行船时碰到这种天气往往会遇到不测。曾经听说长江沿岸地区的商人有办法可以免去此种灾难。大多数的夏日暴风都在"午后"发作。想要行船的人，清晨五更时分起床，如果看到天上的星星、月亮明亮皎洁，

---

① （宋）沈括《梦溪笔谈》卷25《杂志二》。

周边天际直达地面，没有云气，那就可以行船。然后到了巳时就要靠岸停船，这样就不会和暴风相遇了。国子博士李元规说他一辈子游船，都没有遇到过大风，用的就是这个方法。

除此之外，沈括还对当时恩州（今河北清河）武城县的龙卷风进行了客观细致而又形象生动的描述。这段描述是我国历史上关于龙卷风的首次记录，也是最早的龙卷风灾害调查：

> 熙宁九年，恩州武城县有旋风自东南来，望之插天如羊角，大木尽拔。俄顷，旋风卷入云霄中，既而渐近，乃经县城，官舍、民居略尽，悉卷入云中，县令儿女、奴婢卷去复坠地，死伤者数人，民间死伤亡失者不可胜计，县城悉为丘墟，遂移今县。[1]

意思是，熙宁九年，恩州武城县东南方向刮来了一阵旋风，看上去直插云天，犹如羊角一般，大的树木全都被

---

[1]（宋）沈括《梦溪笔谈》卷21《异事》。

科学文明坐标：**沈括**

■ （宋）李迪 《风雨归牧图》

连根拔起。顷刻间，旋风卷入了云霄之中，没多久又渐渐临近。其所经过的县城，官舍、民居几乎全被卷入云中，县令的儿女、奴婢被旋风卷去后又摔在地上，死伤了好几个人，民间死伤、失踪的人，更是不计其数。县城全部变成了废墟，于是便将县城重建到了现在的地址。

沈括记述的陆龙卷风是龙卷风的一种，属于小范围的剧烈天气现象。他十分详尽地记载了这次自然灾害，使之成为中国气象史上的珍贵记录。

沈括还记述了"盐南风"和"汝南风"：

> 解州盐泽之南，秋夏间多大风，谓之"盐南风"，其势发屋拔木，几欲动地。然东与南皆不过中条，西不过席张铺，北不过鸣条，纵广止于数十里之间。解盐不得此风不冰。盖大卤之气相感，莫知其然也。又，汝南亦多大风，虽不及盐南之厉，然亦甚于他处，不知缘何如此。或云："自城北风穴山中出。"今所谓风穴者已夷矣，而汝南自若，了知非有穴也。方谚云："汝州风，许州葱。"其来素矣。[①]

---

① (宋)沈括《梦溪笔谈》卷24《杂志一》。

## 科学文明坐标：沈括

解州是宋代非常重要的产盐地。当夏秋之交的时候，解州盐泽之南常刮大风，被人称为"盐南风"。风的力量巨大，能掀去屋顶，拔起树木，几乎撼动大地，但刮风的范围很小，仅限于几十里地之内。究其原因，每年夏秋之季，解州一带气温高、湿度低，加上地形的影响，使得当地的风特别大。这种气候非常有利于盐卤中水分的蒸发，有利于盐的生产。"汝南风"与"盐南风"有些类似，只是风势没有那么大。有人说，这股风是从城北风穴山中出来的。但后来风穴山被铲平了，可大风依然如常，可见并非是风穴山的缘故。沈括虽不能推测风的由来，但他断定汝南大风并不是由什么"风穴"造成的。

凡是研究古代气候的学者，都以物候学作为重要依据。所谓"物候"，是指动物和植物随着月令季节和气候变化而变化的现象，它与农业生产和人们的日常生活息息相关，目的是认识自然季节现象变化的规律，以服务于农业生产和科学研究。

沈括在物候学方面也有重要贡献。在《梦溪笔谈》中，沈括曾引用杜甫的诗句来说明北方的一种白雁每到秋深才飞来，河北人管这种候鸟叫"霜信"。他用白居易的诗句"人间四月芳菲尽，山寺桃花始盛开"说明了海拔和温度的关系——海拔增加，温度相应下降，植物开花也跟着延迟。他通过种在一块土地上的同一种植物生长发育有早晚的事实，来印证自己的观点："一物同一畦之间，自有早晚。此物性之不同也。"①以此说明，哪怕是生长在同一块田的同种草药或者植物，生长成熟也有先后（早晚）之分。这是物种的性状不同的结果。

他也观察到岭南的小草经历冬天也不会凋谢，而山西的乔木却在秋天兀自落叶；华南一带的桃、李在冬天结出果实，而西北地区的桃、李到了夏天才繁荣茂盛。由此，沈括认为由于南北的地域性差异，物候自有不同。他更进一步指出，在同一个地区、同一块土地上，栽种同一植物，也会因"人力之不同"，物候有差异。植物生长固然受自然条件的影响，有着一定的周期，但这也是可以用人工栽培技术加以改变的，如辛勤灌溉、注意施肥、提前播种等，都可促使作物早熟。由此可见，沈括对物候的认识十分深刻，观察也非常细致。他用了很多物候学的例子，来辩证地说明物候并非固定不变，这是非常重要的。

除此之外，沈括还运用古今物候比较的方法，来推断

---

① （宋）沈括《梦溪笔谈》卷26《药议》。

古今气候的异同。比如，他关于延州石笋的记载：

> 近岁延州永宁关大河岸崩，入地数十尺，土下得竹笋一林，凡数百茎，根干相连，悉化为石。适有中人过，亦取数茎去，云欲进呈。延郡素无竹，此入在数十尺土下，不知其何代物，无乃旷古以前，地卑气湿而宜竹耶？婺州金华山有松石，又如桃核、芦根、鱼蟹之类皆有成石者，然皆其地本有之物，不足深怪，此深地中所无，又非本土所有之物，特可异耳。[①]

意思是，近些年来延州永宁关附近的黄河河堤崩塌，入地几十尺的地方，出现了一片竹笋林，共几百株，根茎相连，都化成了石头。恰逢有宦官从此处经过，也拿了几株去，想要把它呈献给皇帝。延州地区素来没有竹子，而这一片竹笋埋在地下几十尺的地方，不知道是哪个朝代的东西，难道是在旷古之前，此处地势低下，空气潮湿，比较适合竹子生长吗？婺州金华山还有松树的化石，又有桃

---

① （宋）沈括《梦溪笔谈》卷21《异事》。

核、芦根、鱼蟹之类的，都有变成化石的。这些都是它们本地的东西，没什么可以奇怪的，而这一片竹笋却出现在了根本不可能出现的很深的土层里，又不是本地所有的东西，这才让人感到奇怪。

今天的学者认为沈括所说的是另外一种植物，并不是真竹子，而是一种属于蕨类植物的新芦木化石，它的外形与竹笋相近。但就当时的科学水平来说，要正确识别化石确实是一件非常困难的事情，而沈括肯定它是绝迹了的古生物，这点是可信的。

沈括根据物候现象来推论古代陕西气候暖而潮湿，虽然对于这个结论目前尚有不同的看法，但其研究方法如今依旧在沿用。

## 数学首创

沈括在数学方面的成就是巨大的，《梦溪笔谈》中有关数学研究及数学知识的条目约有9条，其中属于度量衡的有3条。更为重要的是，沈括的数学成就并不仅仅局限在数学研究领域，他将数学方法运用于其他各门学科的研究中，从数量关系和空间形式上研究事物运动的规律。沈括在数学领域的成就涉及测量学、运筹学、几何学、组合数学等,而其中最重要的贡献,是在继承前人算学创造的基础上,首创了隙积术和会圆术,取得了等差级数求和与球面三角学的突破性成就。

隙积术就是高阶等差级数的求和法。我国古代数学家研究代数,很早就注意到等差级数和等比级数的问题。到了宋代,更是有了显著进步,出现了高等级数,推进了数学家对级数的研究。而首先从等差级数提升至高等级数的数学家,不是别人,正是沈括。

根据沈括在《梦溪笔谈》卷18《技艺》中的记载,古人有很多求立体图形体积的方法,主要有八种:一、刍萌,底面为长方形的楔形体;二、刍童,上下底都是长方形的棱台体;三、方池,就是长方形;四、冥谷,倒置的刍童;五、堑堵,上下底面均为直角三角形的三棱柱;六、鳖臑,底面为直角三角形,并有一棱与底面垂直的锥体;七、圆锥;八、阳马,底面为长方形,并有一棱与底面垂直的四棱锥。古人对这些立体图形的体积计算方法都有说明,但这些立体图形的共同点都是侧面由平面围成的"方积"的物体,而不是侧面有缺口和空隙的"隙积"的物体。

所谓"隙积",是有关垛积问题的计算方法,而垛积是指相同形状的物体，有次序地堆积而成的，有空隙的堆积体。

沈括曾主持沭水、汴河等水利工程，也曾在两浙地区兴修水利。在工程的现场，所需要的各种材料都是堆放在一起的。如何准确掌握垛积的大小，就需要运用算术求和的方法来进行计算。从外表上看，这些堆积成垛的物体如同倒置的方斗，四个斜面逐渐由下往上收缩，形似四棱台体（刍童），它们的形状虽然像倒扣在地上的斗，四个侧面都斜着下来，但由于边缘有亏缺，中间有空隙，如果用计算刍童的方法，算出来的数值可能比实际的体积小。但这又是现实生活中经常遇到的一个数学问题。无论是垒叠起来的棋子还是酒坛，都不是密无缝隙地连在一起的，而是边缘有亏缺，中间有空隙的。"刍童法"计算的是物体的实数，却没有考虑到各个物体之间存在的空隙，而这些空隙也是要占据一定的体积的。

经过认真思考后，沈括想出了一个新的算法，即在用"刍童法"求出数值后，再补加一项。这一项是下宽与上宽之差，乘以高，再除以六所得的数值。

沈括以堆积的酒坛为例作说明。假设最上层纵横各有两个酒坛，最下层纵横各有十二个酒坛，相邻两层纵横各差一个。从最上层为二,往下每下一层加一,直到底层十二,共有十一层。用"刍童法"计算:上层的两倍为四,加下长十二,得十六,再乘上宽二,得三十二;下层长十二的两倍为二十四,加上长二,得二十六,再乘下宽十二,得三百一十二。两项相加得三百四十四,再乘以高十一,得三千七百八十四。下宽十二减去上宽二得十,乘高十一,得一百一十。三千七百八十四加上一百一十,再除以六得六百四十九。这就是全部酒坛的数目。如果用现代算式写出来,整个计算过程就是:

第一步:[(2×2+12)×2+(2×12+2)×12]×11＝3784

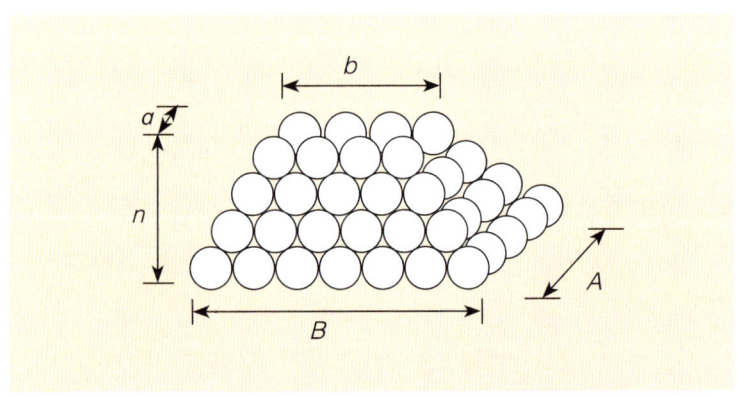

■ 隙积术公式推导图

第二步：(12-2)×11=110

第三步：(3784+110)÷6=649

沈括的"隙积术"如果用现代数学公式来表示是这样的：假设垛积的顶层宽是$a$，顶层长是$b$，排列成一个长方形，第二层的长和宽各增加一个，以此类推，垛积高为$n$，最底层宽为$A$，长为$B$，那么利用"刍童法"求出它的"实方"公式为：$V_1 = \frac{n}{6}[(2a+A)b+(2A+a)B]$。它的"益出"部分公式为：$V_2 = \frac{n}{6}[A-a]$。将这两者相加，得出沈括"隙积术"的总公式为：

垛积总数 $V = \frac{n}{6}[(2a+A)b+(2A+a)B]+\frac{n}{6}[A-a]$

隙积术算法，和后世西洋数学中的"积弹"类似。数学史家李俨和许莼航两位先生从近现代数学的角度加以验证后，证明沈括的这个公式是正确的。这个公式包含的思想也是很超前的，它表明沈括已经初步具备运用连续模型来处理离散问题的思想。只可惜，这个公式在当时的条件下具体是如何被推导出来的，沈括并未在《梦溪笔谈》中有所记录。

不过，我们知道，沈括的隙积术是在《九章算术》和《张邱建算法》的基础上推导出来的，他将自南北朝以后就停滞不前的等差级数求和的问题推进到了高阶等差级数求和的新阶段。南宋数学家杨辉的《详解九章算法》、元朝数学家朱世杰的《四元玉鉴》，都对高阶等差级数求和的问题作了进一步的研究。清代李善兰在这些前人研究的基础上提出了"李善兰恒等式"和"尖锥术"。而这些研究的发端都始于沈括的隙积术，正如清代数学家顾观光所说："垛积之术详于杨（辉）氏、朱（世杰）氏二书，而创始之功，断推沈氏。"[1]

除了隙积术，沈括在数学领域的另一项重大成就是"会圆术"的成功推导。

沈括的观点是测量田亩，无论方圆曲直，都有法可求。他认为凡是圆形的田，既然能算出分割出来的部分，那么只要把各部分合起来，就能使它"复圆"。在宋朝以前，大家是用平分一个圆的方法拆开，分别计算弧长，再合起来。但是这样的计算方法所得出的结论误差可能达到三倍。于

---

[1]（清）顾观光《九数存古》卷5。

是，沈括另辟蹊径，研究出了"会圆术"。会圆术的意思是，假设有一个圆，用它的半径作为直角三角形的斜边，又用半径减去所割圆弓形的高，利用勾股定理可以得到直角三角形的一条直角边，然后乘以二，就得到了所割圆形的弦长。另外，把所割圆弓形的高自乘，再乘以二，最后再除以圆的直径，把所得的商与圆弓形的弦长相加，就可以得到所割圆弓形的弧长。用现代的算式写出来就是：

假设一个圆的直径长度为 $d$，弓形的矢高为 $b$，求弓形的弦长 $C$ 和弧长 $S$。

$$C = 2\sqrt{(\frac{d}{2})^2 - (\frac{d}{2} - b)^2} \qquad S = C + \frac{2b^2}{d}$$

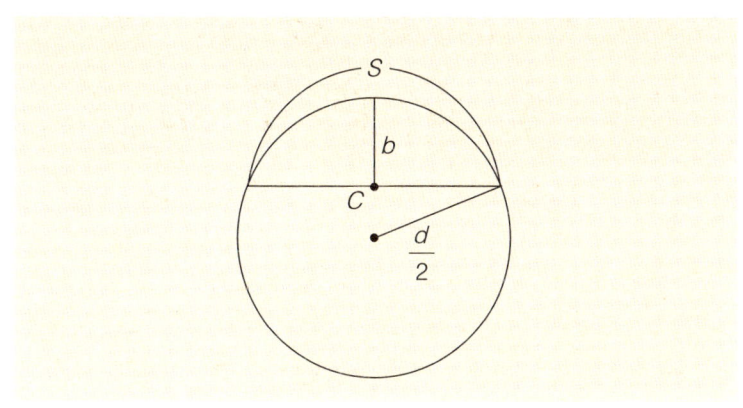

■ 会圆术公式推导图

沈括举例说，假如有一个圆形的田，直径十步，求高为两步的圆弓形弧长。这里就以半径作为直角三角形的弦，它的长度是五步，自乘得二十五；再将半径五步减去圆弓形的高两步，得三步，作为直角三角形的勾，自乘得九。用弦方二十五，减去勾方九，得十六，开方得直角三角形的股为四步。然后把这长度乘二，就得到所割圆弓形的弦为八步。按照"会圆术"计算，将所割圆弓形的高两步自乘得四，再乘二得八，再除以圆的径十步，得到四尺（古时一步等于五尺）。将这项加上圆弓形的弦，最后合起来得到所割弧长为八步四尺。

《九章算术》曾演算出已知弓形的弦长与矢高，求其面积及圆直径的方法，因此，有学者认为沈括的求弧公式是从《九章算术》中弧田求积的近似公式推导出来的。这在中国古代数学发展史上是一个重大突破。沈括也成为中国历史上第一个研究弧、弦、矢之间的关系，并推导出由弦、矢，求弧公式的数学家。沈括的会圆术在当时被广泛应用于土地丈量、测绘等方面，帮助解决了王安石变法中所面临的一些实际难题。此后，元代杰出的天文学家郭守敬在编《授时历》时，也多次采用沈括的会圆术，并在此基础上进一步获得以四次方程式求太阳黄道积度和时差的公式，

第五章 博学多识 科学全才

开辟了通向球面三角学的新路径。

李约瑟曾对此专门评述：

> 中国人给直角三角形的各边以专门的名称后，似乎觉得没有必要专门命名或计算它们的比率，就像我们在三角学中用的三角比率正弦、余弦等等。但是到了13世纪，中国人急于改进他们的天文和历法计算，这导致产生了郭守敬和他的三角学……可能11世纪沈括关于弧和弦的著作已经提供了郭守敬所需要的一切。[1]

除了隙积术与会圆术的推导，沈括还十分注意身边的其他数学问题。把高超的、抽象的数学知识运用到生活实践中，是沈括数学研究的一大特色。其中关于围棋局数的统计就是例子之一。围棋棋局千变万化，究竟能出现多少种不同排列的棋局，这是一个自古以来难以解决的问题。沈括对这一问题做了仔细分析与研究，得出的结论是"此固易耳，但数多，非世间名数可能言之"[2]。也就是说，棋局

---

[1]（英）李约瑟原著，柯林·罗南改编《中华科学文明史》第二册。
[2]（宋）沈括《梦溪笔谈》卷18《技艺》。

的变数非常多，难以用现有的数字概念表达清楚。根据棋局的布子数量增加，逐级算出各级棋局总数，累积相加得出围棋棋局千变万化的最后总数。在讲述了围棋棋局累加的原理之后，沈括以其非凡智慧，运用组合数学的数种计算方法对棋局总数进行计算。

沈括运用组合数学的方法计算出来的围棋变化局数，得出的结论虽然不是很准确，但计算方法是正确的。他的这种计算方式在当时的世界数学发展史上处于领先地位。

我国当代数学史家李迪在对计算方法进行研究后指出，沈括关于围棋棋局总数的运算还用到了指数法则，这在当时是非常先进的。

除此之外，沈括还用数学知识来研究军粮的运输问题。在《梦溪笔谈》中，沈括还从运筹学的角度，将当时人们在处理实际问题时的一些奇思妙想记录下来，希望进一步推广和普及。

沈括在数学领域所取得的成就是巨大的。日本数学史家三上义夫说："像沈括这样的人物，全世界数学史上简直罕有，只有在中国历史上产生了如此一个。"李约瑟评价说："《梦溪笔谈》虽然不是一本正式的数学论著，但在书中可以发现许多具有代数学和几何学意义的内容。

特别是隙积术与会圆术的创见，对后世数学产生了很大的影响。"①

## 物理原理

沈括在《梦溪笔谈》中的物理学成果涉及现代物理学中的磁学、光学和声学等领域。

早在战国时期，古人已经发现了磁体的指极性，并制成"司南"来辨别方向，到宋代，人们对磁体指极性的应用更进一步。在《梦溪笔谈》中，沈括对磁的记录虽然只有两条，但是影响却是非常深远的。这两条记载都是关于当时指南针的使用情况的。

更为难得的是，沈括在记录指南针时还谈到了两项与磁针有关的非常重要的发现：

一是磁偏角的发现。因为地磁南北极与地理南北极是不重合的，所以在地球表面上磁针的指向与真正的南北方向并不完全一致，会偏离一个角度，这个角度叫作磁偏角。在我国中部和东部地区，指南针的南极偏向东，北极偏向

---

① （英）李约瑟原著，柯林·罗南改编《中华科学文明史》第二册。

西。沈括在《梦溪笔谈》卷24《杂志一》介绍指南针时，明确指出磁针并不指向正南方向，而是稍稍偏向东方。沈括是世界上第一个发现磁偏角的人，比西方早了四百多年。在西方，直到1492年，哥伦布首次横渡大西洋时才发现磁偏角在地球上的每个点都不同，而且逐年变化。一般来说，偏角最大可达二十多度，最小甚至不到1度。

值得一提的是，在沈括的家乡长江下游地区，地磁偏角一般只有三四度。这样小的偏角，如果不是经过长期仔细地观察，是很难发现的。

二是沈括发现磁针不仅有指南的，也有指北的。沈括认为用磁石磨针尖，针尖常指南，也有指北的，这恐怕是磁石的性质（即我们现在所说的磁极）不同所致，正如鹿角夏至脱落，麋角冬至脱落，是由于鹿和麋的习性不同。针尖指向相反的南北方向，则是因为磁石性质不同。沈括的这个观点与著名的牛津大学学者皮埃尔·德·马里古特在1269年发表的磁极结论基本一致，只是沈括没有提出"磁极"这个概念而已，但却比马里古特形成这种认识要早两百多年。

三是磁针的支挂法。沈括在实验中介绍了四种指南针的支挂法，并对其中各自存在的问题一一加以说明。沈括经过一系列实验，分析证明了丝悬法的优点，在磁针指向技术上又向前迈进了一步。

四是人工磁化的方法。沈括提出了磁针通过摩擦可用于指南的方法，尽管比《梦溪笔谈》成书略早的北宋兵书《武经总要》中也有"指南鱼"的记载，但《武经总要》并没有明确提出如何让鱼磁化的方法，只有"以密器收之"这样一句。因此，沈括的记载对后世更有价值。

在光学方面，沈括也有几项重要的发现。

沈括在《梦溪笔谈》卷3《辩证一》对"阳燧成像"与"针孔成像"做了详细的记录。阳燧，是我国古代一种用铜或铜合金做成的镜状器物，形状和现在的凹透镜相近。古人用阳燧取火，把它放在太阳光下，当日光聚在焦点，放在焦点上的东西就会燃烧起来。而沈括发现，阳燧不仅可以取火、照物，还可以将物体成像颠倒过来，他认为这是因为中间有"碍"的缘故。

沈括说，这好比有人驾船摇橹，搁住船橹的小木桩（橹架）就是"碍"。他还以手指成像为例。阳燧的表面是凹陷的，手指靠近凹面，镜中的手指是正的，把手指移离阳燧，渐移渐远，慢慢地，镜中就看不到手指了。过了某一个点，手指又在镜中出现，但是一个倒立过来的手指。沈

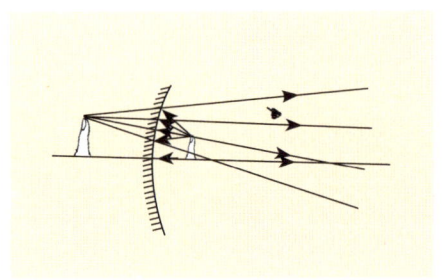

以一指迫而照之则正

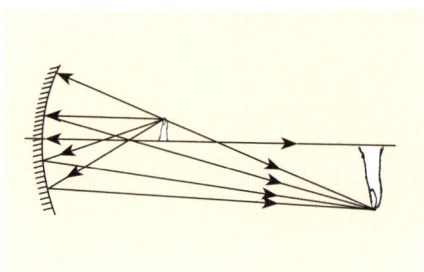

渐远则无所见

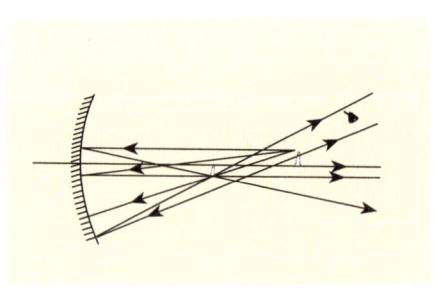

过此遂倒

括认为，这一点正如窗孔、橹架、腰鼓之腰，起着"碍"的作用，就像橹以橹架为支点，本末两头相对，构成摇橹的动作。在阳燧前面，手向上举时镜中的像是向下的，手向下垂时镜中的像是向上的。

在这里，沈括指出了"阳燧照物皆倒"这一物理现象，并说明产生这种现象的原因是凹面镜与物体之间隔着一个聚光的焦点，也就是他所说的"碍"（小孔、焦点）。于是他举了船橹支点、飞鸟投射在地上的影子（小孔成像）、阳燧取火等例子。沈括用贴切的比喻、准确生动的语言，将几何光学深奥的原理讲得明白透彻。他的解释与现代几何光学对这些问题的认识，几乎是完全一致的。

沈括把自己的手指当作物体，把物体和观察者的眼睛分开来进行实验，比较详尽地描述、分析了成像的各种情况，这在科学方法上具有重要意义。正由于此，沈括发现成正像与成倒像两者之间有个分界点，从而促使他进一步发现了"焦点"。而在西方，直到13世纪才由英国人培根磨制出第一块凹透镜。

沈括还记述了小孔成像的现象。他说，风筝在空中飞翔，它的影子随着一起移动。如果风筝和它的影子之间隔着窗孔，也就是让风筝通过窗孔在室内墙壁上成像，那么风筝影子的移动方向就会和风筝飞的方向不一样：风筝向东，影子向西；风筝向西，影子向东。再比如，通过楼塔窗孔在室内投下的像，由于楼塔和它们的像中间的光线被窗子所约束，所以也都是倒立的。沈括认为这和阳燧、风筝影子是一样的道理。

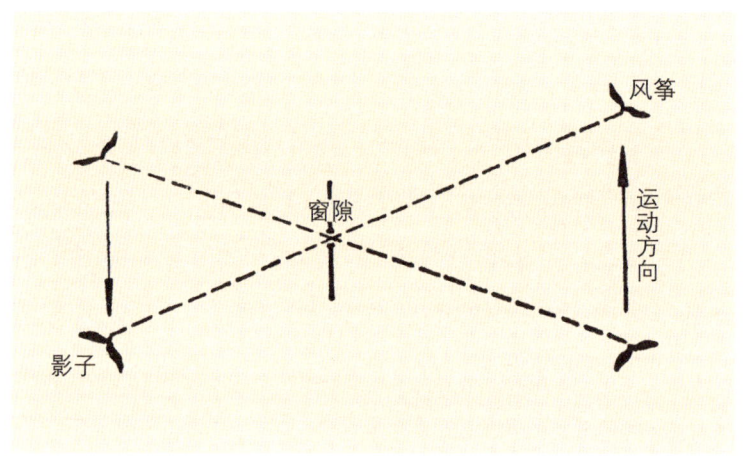

● 小孔成像示意图

事实上小孔成像、阳燧取火等并非是沈括最早发现的，早在战国《墨经》和西汉《淮南子》中已有记载。《墨经》记载了小孔成像、凹面镜成像的实验和理论，《淮南子》则记载了阳燧取火。沈括在前人研究成果的基础上，将成像理论向前推进了一大步，他明确提出"碍"是日光汇聚之点，即近代光学中的"焦点"。同时，对阳燧取火的光学原理加以解释：当凹面镜的洼面对着太阳时，光线聚集在洼面内又反射出来，在离镜一二寸的地方汇聚为一点"大如麻菽"，所以放在此点上的东西会燃烧起来。《淮南子》中虽然记录了阳燧取火，但没有具体数值的准确记载。

## 第五章 博学多识 科学全才

沈括首次记录了焦距一二寸的数据，并把焦点描绘为"光聚为一点，大如麻菽"，这是极大的突破。

难能可贵的是，沈括把小孔成像与凹面镜聚焦这两个光学上不同的现象联系起来，归纳出光线通过"碍"（小孔、焦点）而成"光束"的道理，并把这种光学现象的研究称为"格术"。根据中国科技大学教授、物理学家李志超的研究，"格术"一词在现有文献中"唯见于沈括的《梦溪笔谈》"。

中国古代制作镜子的技艺十分高超，早在汉代就有了制作镜子的记载。沈括在《梦溪笔谈》卷19《器用》中讲到了古人的铸镜技术，他说：古人制造镜子的时候，大镜子铸成平的，小镜子铸成凸的。镜面凹的照人脸就大，镜面凸的照人脸要小些。用小镜看不到人脸的全像，所以镜面做得稍为凸些，使收进去的脸像变小，这样，镜子虽小仍可获得人脸全像。造镜时要量镜子的大小，以决定增减镜子凸起的程度，使脸像和镜子大小相称。古人做工巧妙，后人却造不出如此精妙的镜子，反倒是有人得到古镜时，把它刮磨成平的。这就如同春秋时期著名乐师师旷为什么感伤没有"知音人"一样啊！

沈括从科学的角度对古镜的大小、镜面曲率（平、凹、凸）与成像之间的关系进行研究，认为小而平的镜子不能

"全纳人面",若运用光学原理对镜面进行磨制加工,使其微微凸起,形成一定的弧度,就可以利用铜镜的凸面得到缩小之像,达到"全纳人面"的效果。现代物理学证明,这实际上与镜面曲率相关:镜面曲率越大,成像越小;反之,曲率越小,则成像越大;当曲率趋于零时,则像的大小接近物体本身的大小。沈括从古代的铸镜经验,推出镜面放大率与镜面曲率之间的关系,这在当时是非常不容易的。

书中还记载了一种透光镜。

这种透光镜背面刻有铭文,共20个字,字体极为古老,不能识读。如果用镜面对着太阳光,镜背面的花纹及20个字都透射在墙壁上,非常清楚。沈括家有三面这样的镜子,并且他还在别人家里看到过这样的镜子。有人分析其中的原因,认为是铸镜时,薄的地方先冷却,背面有花纹及文字的地方比较厚,冷得慢,铜收缩得多一些,因此文字虽在背面,但镜的正面也隐约有点痕迹,所以在光线中会显现出来。对于这种解释沈括是表示赞同的,同时他又补充说,"较厚的地方的铜收缩得多"这种说法应该是对的,因为镜背面有花纹,导致镜面有相似的凹凸不平,但起伏很小,肉眼很难看到。然而当它反射光线的时候,由于长光呈放大效应,就能够在房间的墙壁上较为清晰地映

第五章 博学多识 科学全才

射出来。虽然沈括没有对古人制造透光镜的工艺加以专门地研究，但他的记述的确是光学史上十分珍贵的记载。在沈括看来，透光镜的制作方法应该不止一种，达到透光效果的关键，是"鉴面隐然有迹"，否则铜镜哪怕再薄，也"莫能透"。

除了磁学和光学以外，沈括还研究了声学上的共振现象，他不仅记录了共振的现象，还把古人对共振现象的研究继续向前推进，比如他用实验手段探讨乐器的共鸣。在《梦溪笔谈》卷6《乐律二》中，沈括通过讲述一个友人家里琵琶的故事，记录了声音共振的现象。

他的朋友家里有一把琵琶，放在空房子里，当他用管乐吹奏双调的曲目时，琵琶弦总会发出音声与之应和，但是在弹奏其他的乐调时则不应。于是朋友将其看作奇异的宝贝并将它珍藏起来。但沈括认为，这其实只是音乐上的常理，而这也是声学中最为精妙的地方。

按现代声学原理的解释，声音的振动都有固定的频率，当外来的声音与振动系统的固有频率相同时，振动系统就会发出应声。沈括以其敏锐的观察力发现，每当"以管乐奏双调"时，琵琶就会发出应声。于是，沈括提出了琵琶声"相应"这一共振现象出现的初步规律：弦声相应一般在奏逸调（偏离二十八调调式）声时出现（以逸调声居多，在二十八调中也偶有出现）。也就是说，声音的振动虽然有固有的频率（如弦声相应于逸调声），但是固有频率却不止一个。

沈括还做了一个"纸人"的实验，生动形象地说明应弦共振现象：

> 琴瑟弦皆有应声，宫弦则应少宫，商弦则应少商，其余皆隔四相应。今曲中有声者，须依此用之。欲知其应者，先调诸弦令声和，乃剪纸人加弦上，鼓其应弦则纸人跃，他弦即不动。声律高下苟同，虽在他琴鼓之应弦亦震，此之谓"正声"。①

"正声"是指合乎声律中频率要求的声，在这里指音高相差整八度的音，即基音和泛音。在乐器中，二者也存在共振关系，但不容易被发现。为此，聪明的沈括剪了一个小纸人放在基音弦线上，当拨动相应的泛音弦线时，纸人

---

① （宋）沈括：《梦溪笔谈·补笔谈》卷1《乐律》。

就跳动，弹别的弦线时，纸人则不动。沈括通过如此形象的方式，把音高相差八度时二弦的谐振现象非常直观地表现了出来。

直到15世纪，意大利的达·芬奇才开始做共振实验。17世纪，牛津的诺布耳和皮戈特才以所谓的"纸游码"（与沈括的纸人类似）实验，来证明弦线的基音和泛音的共振关系。

沈括指出，琴、瑟属于弦器，是靠弦的振动来发出声音的。弦之间出现应声的规律是："宫弦则应少宫，商弦则应少商，其余皆隔四相应。"中国古代的音律中有宫、商、角、徵、羽五个不同的音，相当于现在的 do、re、mi、so、la。宫和少宫与 do 和低音的 do 相应，商和少商与 re 和低音的 re 相应，其余的音皆隔四弦而共鸣。通过这个实验，沈括成功证明了一个发声体的振动能引起另一个频率相同的发声体的振动。这就是声学上的共振，沈括把它叫作"应声"。

## 化学化工

在《梦溪笔谈》中有关化学及化工的内容有将近十条。

其中关于盐晶体的内容,沈括作了详细的记载。

《梦溪笔谈》卷3《辩证一》记载,北宋解州(今山西运城)是我国古代著名的制盐基地,那里的盐池有方圆一百二十里。雨多的时候,周围山上的水都汇入盐池中,池水却从来没有满溢过,大旱时,池水也没有干涸过。盐池中咸水的颜色呈正红色,俗称"蚩尤血"。盐池位于版泉山下,版泉山传说是黄帝和炎帝大战的古战场。据《孔子三朝记》记载,"黄帝杀之(蚩尤)于中冀,蚩尤肢解,身首

解州盐池

异处，而血化为卤，既解州盐池也。"传说蚩尤在涿鹿被活捉后，被带回解州，并被处死。蚩尤身体中涌出大股大股的鲜血，渗入泥土，形成一条黑河，流到低洼地方，就化为了卤；他身体喷出的白雾，遇到南风吹来，将卤蒸发，就是"成之自然"的盐。因蚩尤尸解之故，当地就将盐池改名叫解卤池，也称解池。在盐池中部附近，有一股泉水是淡水，有了它含盐量很高的卤水才能凝聚成盐。盐池之北，还有一条巫咸河。卤水如果没有那一股泉水的混合就不能制成盐，而如果引入巫咸河的水，即便是有泉水混合，盐还是不能结晶。所以这条河流又被称为"无咸河"，它被看作盐池的祸害。人们专门修筑了一道大堤来堵截这条河水的流入，对它的防范程度甚至超过防范盗贼。沈括究其原因，发现是由于巫咸河的水非常混浊，一旦流入盐池，就会淤淀造成盐池上游阻塞，从而使得咸水的含盐量降低而无法结晶，并没有其他什么特殊的原因。

沈括对所谓的"蚩尤血"呈红色的原因也进行了研究，他认为可能是水中含有较多的杂质，尤其是氧化铁的含量特别高，才导致水的色泽偏红。所以，如果要制造可供食用的食盐，就必须对盐池中凝结出来的粗盐进行重新溶解与结晶，把其中的铁质等杂质都分离出来，而这一过程又必须用淡水来溶解。沈括记录的盐池中部的那股淡水就发挥了重要的作用。反之，巫咸河因为河水混浊，大量胶着状的液体注入卤水中，就会迅速沉淀固化，从而无法完成制盐。沈括在《梦溪笔谈》中对于食盐结晶过程的观察分析以及对制盐方法的总结是具有一定的现实意义的。

沈括是我国矿物结晶学研究的先驱，他还在《梦溪笔谈》卷26《药议》中详细描述了石膏结晶体——太阴玄精的构造形状。

太阴玄精俗称"龟背石"，它的主要成分是石膏（$CaSO_4 \cdot 2H_2O$）。据沈括记载，太阴玄精产生于解州盐池的浓盐水中，在沟渠内的土中就可以找到。大的犹如杏叶，小的犹如鱼鳞，都是六角形的，端正得像是刻出来的，形状很像龟甲。两边突出的部分稍微有些下垂，前端部分是斜面朝下，后面部分是斜面朝上，正如穿山甲那样，重叠的地方全部是甲片，几乎没有任何的不同。颜色为绿色而又晶莹剔透；叩击它就会沿着纹理断裂，晶莹明亮犹如镜子一般；折断的地方也是六角，如同柳叶。如果用火来烧，就会全部分解，如薄薄的柳叶片一般折断，白如霜雪，平滑光洁，令人喜爱。

沈括认为它们之所以呈六角形是由于禀积阴气，凝结而成。他还认为,当时世上所使用的玄精石,其实多是绛州山中所出产的绛石,并不是真正的玄精。楚州盐城古盐仓下面的土中,还有一种东西,它有六个棱,像马牙硝,清莹如水晶,润泽可爱,那里的人们也将其称为太阴玄精石,但是这种晶体像盐碱那样,喜欢露出地面,容易受潮。沈

■ 现代盐田

括的观点是，只有解州出产的才是正宗的玄精石。

《梦溪笔谈》卷21《异事》中还记述了两种发光现象，就是所谓的"冷光"。

他的记载讲述了家住吴中的卢秉，有一天天没亮就起床，看到墙柱下有一样东西熠熠闪光。走近一看，那东西有点像水，正流动着。卢秉急忙用油纸扇把那发光的东西舀了起来，见它像水银一样，在扇面上摇晃，亮晶晶的，光彩动人。点上烛火细看，却什么也没有。沈括说，他在魏国长公主家也看到过这种东西。他还回忆说，自己在海州时，有一天夜里煮咸鸭蛋，其中有一个鸭蛋通明如玉，荧荧发光，把整个房间都照亮了。沈括把它放在容器里，过了十几天，鸭蛋已经腐臭，而它的光泽却更明亮了。沈括还举例说，苏州人钱僧孺在家里煮鸭蛋时也看到过这种现象。根据现代的科学知识我们可以判断，卢秉和魏国长公主家看到的都是一种化学发光现象，叫作磷光。而沈括和钱僧孺家的鸭蛋则是一种生物发光现象，即由于鸭蛋上面寄生着会发光的细菌腐烂而发光。这些都属于冷光现象。沈括虽然没搞清楚发光现象的本质，但他认为这两种现象有相似之处，可归为一类，是有道理的。

用现代科学的眼光来看这两类物质奇异的发光现象，

一类是在空中飘浮的,像水银一样流动的光,可能是某些可燃气体,如磷化氢之类,在空气中燃烧而产生光。由于这些气体比空气轻,而且燃点极低,当它们燃烧时就能看到沈括所记述的现象。另一类是煮熟的鸭蛋所发的光,这可能是一种叫作成光蛋白质的物质在氧的作用下发出的,类似于萤火虫的光亮。这种蛋白质在水的作用下可以不断地还原,使发光效应持续下去。

化学发光、生物发光本来是一种自然现象,但古人缺乏科学知识,无法进行解释,因而往往感到恐怖和神秘,称它们为"鬼火""神灯"。沈括尽管还不能确切知道它们的发光原理,但已经用科学的精神明确指出"物有相似者,必自是一类"。

在此条记载中,沈括把不同时间、不同地点、不同人物所提供的冷光现象都逐一记录下来,并结合自己的观察和分析,最终形成了一条具有较高科学价值的记录。这也从一个侧面反映了沈括在科学研究中很注意相关资料的积累与归纳比较。

石油是当今世界最重要的能源之一,而最先给石油命名的恰恰就是沈括。早在汉代,我们的先人就已经发现了石油,如《汉书·地理志》上已有"高奴,有洧水,可燃"的记载，对石油资源的利用也早就开始。但是关于石油的名称却极不统一，《汉书》称"洧水"，其他还有"石液""石脂水""石漆""泥油""火油"等等。沈括在《梦溪笔谈》中首次使用"石油"这一科学名称，这是在准确把握该种矿藏属性和特点的基础上进行的精准概括。自沈括之后，"石油"就成为通行的叫法，一直沿用至今。元丰二年（1079）至元丰五年（1082），沈括出任鄜延路经略安抚使、知延州（今陕西延安）。在那段时间里，沈括曾专门考察了陕北地区的人们对石油的利用与开采情况。他在《梦溪笔谈》中是这样描述的：

> 鄜延境内有石油，旧说高奴县出"脂水"，即此也。生于水际，沙石与泉水相杂，惘惘而出。土人以雉尾裹之，乃采入缶中，颇似淳漆。燃之如麻，但烟甚浓，所沾幄幕皆黑。予疑其烟可用，试扫其煤以为墨，黑光如漆，松墨不及也，遂大为之，其识文为"延川石液"者是也。此物后必大行于世，自予始为之。盖石油至多，生于地中无穷，不若松木有时而竭。今齐、鲁间松林尽矣，渐至太行、京西、江南松山，大半皆童矣。造煤

第五章 博学多识 科学全才

■ 中国石油大学校园中的沈括像　　田维钢 摄

## 科学文明坐标：沈括

> 人盖未知石烟之利也。石炭烟亦大，墨人衣。[①]

沈括记载，石油生于河流沿岸的沙石，与泉水混杂，慢慢地流出，延州当地的人用野鸡的长尾羽毛沾它，并将它采集到瓦罐里。他观察到石油的表面和浓漆非常相似，燃烧之后又和麻絮很像，但烟气比较浓烈，帷幕布沾上这种烟气就会变黑。于是，沈括就怀疑它的烟灰也许是可以使用的，便尝试着将其扫起来制成墨。没想到这些烟灰制造出来的墨，黑光如漆，比之前的松墨好太多了，于是便开始大量制造，后来就成了那些印着"延川石液"四个字标识的墨。当时沈括就意识到并且深信这种墨之后一定会广受欢迎。他还认为石油生长于地下，并且不会枯竭，不像松木那样有时会供应不上。为了制墨，当时齐鲁地区的松林已经被砍伐完了，慢慢地，太行、京西、江南地区的松山也大半用尽了。煤炭的烟灰也非常大，能沾黑人的衣服，据此，沈括还戏作了一首《延州诗》：

> 二郎山下雪纷纷，

---

[①] （宋）沈括《梦溪笔谈》卷24《杂志一》。

> 旋卓穹庐学塞人。
> 化尽素衣冬未老,
> 石烟多似洛阳尘。

值得一提的是,沈括给石油烟墨取名"延川石液"是非常有特色和有创意的,放在现代相当于是打出了自己的品牌。当时的一些士大夫试用了"延川石液"后也是赞不绝口。宋代大文豪苏轼是赏墨、制墨的专家,他对沈括的石油烟墨给予了很高的评价,在《书沈存中石墨》中说:"沈存中帅鄜延,以石烛烟作墨,坚重而黑,在松烟之上。"[1]

李约瑟博士也为此专门在他的《中国科学技术史》中指出:"……石油不是作为一种有巨大意义的新能源,而是作为一种制墨的新方法而出现在一位有惊人思考能力的人(沈括确实就是这样的人)的面前,这是中国工业化以前时代的一个颇为突出的特点。"

沈括用石油资源制造并推广石墨,是有着强烈的人文情怀的。宋代社会随着科举制度的发展以及文官政治的形成,读书人越来越多,墨则是文人墨客必不可缺的用品。

---

[1] (宋)苏轼:《东坡题跋》卷5《书沈存中石墨》。

当时的墨多以松木制成,制墨需要砍伐大批的松树,长期的砍伐会破坏自然环境,所以从某种意义上说,沈括有着超前的环保意识。当然石油资源也是有限的,并不像沈括所认为的"生于地中无穷"。

# 生命科学

沈括在生命科学方面的研究成就也很瞩目,大致可以分为三个部分:

其一,生物形态的描述与分类。

沈括在《梦溪笔谈》卷17《书画》中写道:

> 鲤当胁一行三十六鳞,鳞有黑文如十字,故谓之鲤,文从鱼,里有三百六十也。

意思是,鲤鱼侧线上有三十六片鳞,鳞上有像十字的黑纹,三十六乘以十,刚好是一里的步数(古以三百六十步为一里),鱼和里合起来,恰好是一个"鲤"字。鲤鱼侧线的三十六片鳞及这种黑色素,至今仍是分类学上鉴别鲤鱼的重要特征。

## 第五章　博学多识　科学全才

沈括在《梦溪笔谈》卷22《谬误》中还记载了一种奇异的软体动物名叫车渠。沈括所说的车渠就是我们现在的砗磲，它在商代就已经被视为一种宝物，最早记录于《尚书大传》中，里边有一则关于散宜生用车渠敬献商纣王，换回被囚禁的周文王的故事。沈括在《梦溪笔谈》中记载说，车渠大的有簸箕那么大，背上有一条条的垄和沟，像钳子壳。用车渠壳制成的器皿，精致如白玉。据说这种动物生长在南海，大的长度可达1米，体重250公斤。这些描述与我们现在的砗磲非常吻合。他不仅描写了车渠的形态特征，还明确将它归到蛤类。

《梦溪笔谈》卷21《异事》中还有关于"人鱼"的记录。书中讲到，宋仁宗嘉祐年间，海州的渔民捕获到一种动物，它的身体似鱼，头似虎，甚至还有虎的花纹；肩部长着两条短足，指和爪子都像虎指、虎爪；体长约八九尺，见人就流泪。人们把它抬到州里，几天后就死去了。有个老人说，以前见过这种动物，叫"海蛮师"。根据沈括的描述，这种动物可能是我们俗称"人鱼"的海洋哺乳动物儒艮。

除此之外，沈括还对甘草、莽草等植物作了详细描述。

卷26《药议》引了《本草》注中的《尔雅》文字，并作了考证：

科学文明坐标：**沈括**

> 蘦，大苦。注：甘草也。蔓延生，叶似荷，青茎赤，此乃黄药也。其味极苦，谓之大苦，非甘草也。甘草枝叶悉如槐，高五六尺，但叶端微尖而糙涩，似有白毛，实作角生如相思角，作一本生，熟则角坼，子如小扁豆，及坚齿啮不破。

沈括将文献所载的"蘦，大苦"的形态与当时甘草的形态进行对比，认为古书所载的"大苦"并不是甘草，而是黄药，因其味极苦而有"大苦"之名。他不但详细描绘了甘草的形态，而且纠正了过去错误的说法。明代李时珍在《本草纲目》中认为郭璞为《尔雅》所注的植物形态与甘草不符，而认同沈括《梦溪笔谈》中的观点："郭说形状不相类，沈说近之。"

至于莽草，沈括说世人用的莽草的种类很多，就其叶子的形状而言，有的大如手掌，有的却又细又小，有的光滑厚实，有的却柔软轻薄，还有的说它是一种蔓延生长的藤本植物。沈括认为这些都是错误的。

据沈括的观察，在蜀道、襄汉、浙江一带的湖上、山间，多有莽草生长。莽草枝叶稠密，环绕聚生，样子长得十分可爱。它的叶子光滑厚实,而又芳香浓郁。花呈红色,大小如杏花,有六片花瓣,反卷向上,中心有红色的花蕊。花朵倒垂,摇摇然挂满枝间,可供玩赏。襄汉之间的渔民常常采来做菜、喂鱼。南方人把莽草叫作"石桂"。

沈括根据《本草图经》对莽草的记载和自己的考证,对真莽草的生长分布、形态、用途以及异名加以描述,从而将莽草与一般人错当作草的植物区别开来,并且纠正了《本草图经》上对莽草形态描述不当的地方。

沈括还对传自西域的胡麻与中国原产的大麻做了比对。沈括记载了这种油麻,说它的果实有六棱的,也有八棱的。而中国本土芝麻叫作"大麻",其中能结果实的叫"直麻",不能结果实的叫"牡麻"。沈括说,西汉时张骞出使西域,在大宛得到油麻的种子,也称之为"麻",为了与中国的麻相区别,因此叫它"胡麻",而叫中国本土的麻为"大麻"。所谓:"麻子,海东来者最胜,大如莲实,出柘萝岛。其次上郡、北地所出,大如大豆,亦善。其余皆下材。"[1]

沈括还对"栾"这种植物做了分类学上的研究。他说

---

[1] (宋)沈括《梦溪笔谈》卷26《药议》。

栾有两种：一种是树生的，它的果实可用于制作念珠，称为"木栾"，也就是《本草》中说的"栾花"；另外一种是丛生，它的茎可当棍棒用，称为"牡栾"，又叫"黄荆"，也就是《本草》所说的"牡荆"。除了这两种以外，唐《新修本草》中又有"栾荆"一条，从此，后人便把它与木栾、牡栾混淆了。沈括对此做了梳理和说明。

其二，对动物生理和生态现象的描述。

《梦溪笔谈》卷13《权智》中记载了一个调养山鹧的故事：某人擅长养山鹧，他养的山鹧都凶狠好斗，其他山鹧都无法与之匹敌。有人探求其中的秘诀，发现那个饲养的人常用山鹧皮肉喂食，久而久之，他喂养的山鹧看见真山鹧，也很想把它吃掉。

沈括认为这是通过驯养的方法改变了山鹧的习性，也就是让山鹧产生了条件反射的缘故。沈括以调教山鹧的生动例子进一步推导出"此以所养移其性也"的道理，说明了动物的许多习性与生活环境有关，是可以改变的，人的行为也可以影响这种变化。这反映了朴素的物种变异的思想。

还有一条蜂螫蛛的记载：一名叫刘易的处士，隐居在王屋山。他曾经在书房里看到一只大蜂被粘在蜘蛛网上，

## 第五章 博学多识 科学全才

与蜘蛛搏斗,没多久,大蜂就用蜂刺蜇伤了蜘蛛,蜘蛛掉落到地上。不一会儿,蜘蛛的腹部胀得似乎快要裂开了,只看见蜘蛛慢慢地爬到草丛中,将一块芋头的梗微微咬破,然后将自己被蜇的创口靠着咬破的芋头梗处摩擦,过了好久,它腹部的肿胀居然渐渐消退了下去,蜘蛛又和先前一样灵巧了。

在这个故事中,蜘蛛能利用芋头梗为自己疗伤治毒,是一个很有意思的动物现象。而许多发现、发明也都源自人们对身边事物的观察。

其三,对生物地理的分布介绍。

熙宁年间,沈括使辽途中,记录了生活在辽北部地区的一种跳兔。

这种跳兔体形像兔子,不过前足只有一寸来长,后足则几乎有一尺长。它跑的时候用后足跳,每一跳有数尺远,停下后看上去就像要倒在地上一般。这种兔子在辽庆州(今甘肃庆阳)的大漠中生存,沈括在出使辽的时候,还曾经捕获过。他怀疑这就是《尔雅》中说的"蟨兔"。根据沈括的描述,这种动物很可能就是现在的跳鼠。

沈括还对细辛的地理分布作了记载。细辛是多年生草本植物,根、茎可以入药。沈括认为东方、南方所用的所谓"细辛"其实是杜衡,又称为"马蹄香",并不是真正的细辛。真正的细辛产于陕西华山,襄汉一带也有,但华山所产的才是正品。华山产的细辛很细而且直,深紫色,性味很辛辣,嚼起来的味道如同生花椒。

## 医术医理

钱塘沈氏家族在医药研究方面颇有建树,一直有搜集药方的传统,家传药学典籍《博济方》。沈括的叔祖在吴越时期就曾经搜集药方"顺元散",并将其卖给普通百姓,药效显著,民间唤此方为"沈氏五积散"。《苏沈良方》卷3中记载,"顺元散,上予叔祖钱氏时得此方,卖于民家,故吴中至今谓之沈氏五积散。"沈氏家传药方还有"白龙丸"等。

沈氏一家治病救人都非常热心。据记载,沈括的哥哥沈披在宁国任职时,曾救治一个得了偏风病的客商。而沈括在江南时,遇到当地疟疾流行,他拿自己的"木香丸"救人,"其效如神"。

沈括从小体弱多病,又受家学传统的影响,对医学产生了浓厚的兴趣。他钻研医学也非常注重药方的搜集,自

第五章 博学多识 科学全才

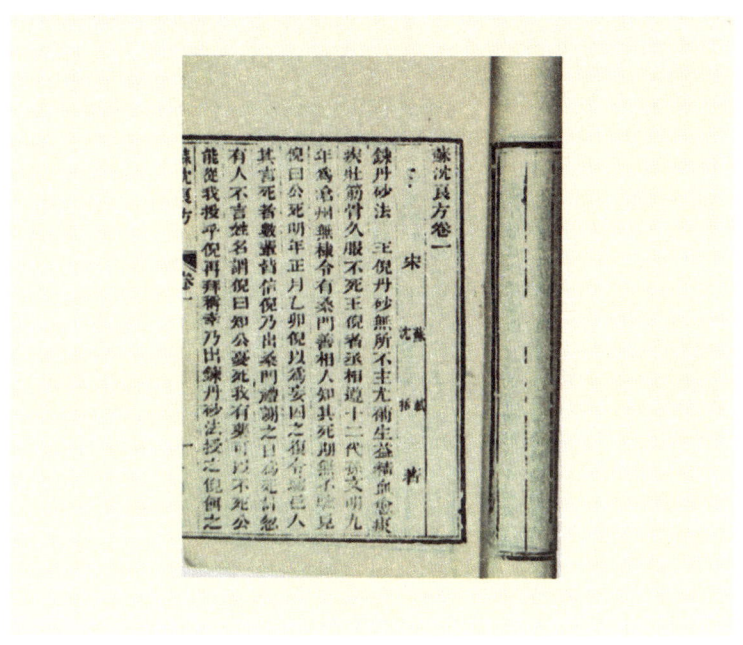

■《苏沈良方》

称"予治方最久"。沈括搜集药方数十年如一日，常常亲自到街头巷尾、村野山林，遍访名医能人，搜集治病良方。早年在江宁期间，他因用功过度导致颈项疼痛、体虚力乏，医人王琪传给他"神保丸"。沈括后来将此药方收录到了《灵苑方》中。

在沈括得了眼疾之后，他更加注重对医药学的研究和药方的搜集。他在苏州母舅家时，有人送来"乌头煎丸"药方，帮助他治疗眼疾。他在《苏沈良方》中对此事也有记载：

> 予少感目疾，逾年，人有以此方见遗，未暇为之。有中表兄许复，尝苦目昏，后已都瘥，问其所以瘥之由，云服此药。遂合服，未尽一剂而瘥，自是与人莫不验。①

同样是眼疾，沈括也得过不同类型的。到熙宁年间，沈括察访河北时，大概是积劳成疾，他患上了"红眼病"，"黑睛旁黑者赤成疮，昼夜痛苦，百疗不瘥"②。当时，有个郎中官叫邱革，他看到沈括眼睛红成这样便问："你眼睛这样血红，耳朵里痒不痒？如果耳朵痒，那就是肾家风。"沈括肯定地回答道："耳朵痒的！"邱革点点头："如果耳朵里痒，那就是了。有四生散可以治疗肾家风，吃二三服就会痊愈。坊间把这个药称为'圣散子'，我把这个方子给你，你按照用量服用就好。"沈括依方服用，午时一服，睡前一

---

① （宋）苏轼、沈括《苏沈良方》卷2《乌头煎丸》。
② （宋）苏轼、沈括《苏沈良方》卷2《四生散》。

服，眼睛不仅没好，反而更加疼痛，直到二更时分才入睡。醒来后却发觉眼睛的红肿已稍退，也不再疼痛。又饮三四服，便痊愈了。与以前一样，这个方子也被沈括收录到他的书中。

沈括将平生搜集到的药方、医术进行汇总、整理，编成《灵苑方》与《良方》两本医药学著作。《灵苑方》原书十二卷，早已散佚。南宋史家晁公武在评论沈括的《灵苑方》时说：

> 《灵苑方》十二卷。右皇朝沈括存中编。本朝士人如高若讷、林亿、孙奇、庞安常，皆以善医名世，而存中尤喜方书，此中所载，多可用。[1]

《良方》是沈括唯一传世的医学著作，后人有心，把这部著作与苏轼的《医学杂说》合刻成一书，并取名为《苏沈良方》。《良方》原来有10卷，因加入了苏轼有关医学的一些论著，变成了15卷。

清乾隆年间，武宁（今江西武宁）名儒张望在他编著的

---

[1] 李裕民《〈梦溪笔谈〉与沈括〈良方〉研究》。

科学文明坐标：**沈括**

● 浙江杭州苏堤南端映波桥旁的苏轼像

## 第五章 博学多识 科学全才

《古今医诗》中,以诗歌赞美《苏沈良方》:

葛山蔡氏本朝孙吞钉,苏子瞻沈存中良方遇喜惊。
剥新炭皮研末煮粥食,炭屑裹钉子出到圊。
苏沈二公好医药,宋人集论二书朋。
《永乐大典》收全集,而近书坊不见行。

苏、沈二人生前关系错综复杂,去世之后,他们的医学著作却被后人编在一起,用于治病救人,从此再也不能分开。只道是,造化弄人。

据研究,《良方》中沈括所记录的药方有30种,其中7种来源于专业医生,5种来源于民间,5种由地方官员提供,朋友提供了4种,僧道人士提供了3种,行军之人提供的和家传的各2种,宫廷秘方和古方各1种。可见这些药方来源广泛、博采众家。沈括日积月累,又本着实证精神一一验证,终于成就了《良方》。这也是沈括留给后世的宝贵药学遗产,具有很高的医学价值。除此之外,《良方》一书也体现了沈括胸怀天下、造福于民的高尚品格。

沈括本着对病人高度负责的态度,对所搜集的药方

"必目睹其验""闻者不予"①。他还将实物与文献相对照，进行验证，认真考辨药典和搜集来的民间药方，纠正其中的错误。如《本草》记载河豚无毒："河豚，味甘温，无毒，补虚，去湿气，理腰脚。"然而沈括了解到的事实是，吴人往往因食河豚死于非命。由于《本草》历代相传，有其权威性，人们都据此相信河豚无毒，毫不怀疑地食用。沈括指出，河豚有毒，"往往杀人，可为深戒"②。唐代孙思邈所著的《千金方》和王焘辑录的《外台秘要》中所记载的药方有提到用野葛的。《本草》称："钩吻，一名野葛"，很多药里面都会用到野葛。于是沈括亲自采集野葛，并将它与文献相对照，结果发现《本草》所记载的"野葛"（又叫"钩吻"）是另外一种草药，而且不能轻易入药。于是他将这一发现写下来，做了特别提醒：在参照《千金方》《外台秘要》《本草》用"野葛"的时候，必须非常小心谨慎，"不可取其名而误用，正如侯夷鱼与鮠鱼同谓之河豚，不可不审也。"③

　　沈括在给《良方》所作的序言中，提出看病有"五难"

---

① （宋）苏轼、沈括《苏沈良方》，沈括序。
②③（宋）沈括《梦溪笔谈·补笔谈》卷3《药议》。

## 第五章 博学多识 科学全才

理论：

> 余尝论治病有五难：辨疾、治疾、饮药、处方、别药，此五也。

具体说来包括：

第一，辨疾之难。

沈括先描述古代的医生如何诊断疾病：他们会诊断病人的声音、颜面色泽、举止动作、肌肤纹理、性格特点、思想情绪、兴趣爱好等等，还要询问病人所做的事、考虑病人的实际情况，在比较全面地掌握了病人的情况之后，才诊视人应、气口、十二动脉。因为疾病是从五脏发生的，相应的，五色、五声、五味都会有所变化，十二动脉也会有所变动。古人诊视疾病如此仔细，还担心不够全面，唯恐发生误诊。沈括借此批评当时的一些医生，只诊断寸口和六脉的脉象。这就是辨疾之难。

第二，治疾之难。

沈括批评当时那些给人看病的医生，开方子时只把几味药写下来交给病人，告诉他服食的方法就算了事。他认为，给人看病，首先要懂得阴阳、四时气候的变化，以及山岳、森林、河流、湖泽等地气的变化,而且还要察看病人年龄的大小、体态的肥瘦、社会地位的高低、居住环境和饮食营养、性格特点与心情好坏、劳动强度和生活是否安逸等情况。这其中的精妙之处,不是书中、口中的"三言两语"就可以说清楚的,它的精微程度超过高明的捕蝉技术,细致的程度要胜过在棘刺尖端雕刻猕猴。要求双眼不离望色,两耳不忘听声,手上不放松号脉。这就是治病之难。

第三,服药之难。

沈括认为,古人服药,如何煎煮,如何饮用,都非常讲究。药得煎多长时间、用猛火煎还是温火煎,这叫"煮炼有节"。服用是冷服还是热服、是快服还是慢服、是顺着性情服还是逆着性情服,这叫"饮啜得宜"。此外,还要注意煎煮药物的水质有好坏之分,负责煎药的人有勤懒之别。所以,我们不能简单地责怪药物效果不好,这很可能不是药物本身的过错!这就是服药之难。

第四,处方之难。

药与药之间有相辅相助的,也有互相抵触的,几种药合在一起,药性就会发生变化。沈括认为,古代相关药方书籍中虽然有使、佐、畏、恶等描述,但古人没有讲到的,人们猜测不到的情况往往是有的。譬如酒对于人,有的人可以畅饮超过一石（古代容量单位，一石等于十斗）毫无问题，而有的人嘴唇刚沾到酒就头晕。又如油漆对于人，有的人整天搅拌、过滤油漆都不受影响，而有的人一接触油漆就皮肤生疮、腐烂。药物对于人，也是这样的情况。这是因为每个人的先天禀赋、体质不同，药物相合会产生副作用，从而导致疾病表现出来的现象是不容易掌握的。比方说，乳石不能与人参、白术结合，碰到的话很容易致人死命，但人们在制作五石散时，都要使用人参、白术。这就是处方之难。

第五，辨药之难。

有时候医生的医术非常高明，处方也好，药物使用也合法度，但最后得不到好药，这也是无可奈何的事。沈括说，橘过了长江就变成枳，麦子一湿就化生蛾，雉鸡到岭南就变黑，鸲鹆到岭南却变白，月亏时节蚌蛤就不见了。药性的变化也如此，药的产地不同，加上土地有肥瘠、气候有干湿，药物的功效也不完全一致。况且，采药时间有早晚，储藏方式或焙或晾，都会使药效有很大的不同。这就是辨药之难。

沈括在《良方》序言中的这些提法，对现代医学研究有着积极意义。他强调医生要详尽地掌握患者的实际情况。对于临床诊断,要因人而异。对于治疗,不能单纯依赖药物,还要考虑患者的饮食、心理和生活环境等各方面因素。这也是符合现代医学理论的。

在药剂学方面,沈括指出,古代药剂分为汤、散、丸三类。从它们的外形而言,一为液体,一为粉末,一为丸状。从它们的疗效而言,他认为要使药效达到五脏四肢,用汤剂最好;要使药留在胃中的,散剂较好;要使药效长、后劲大的,最好用丸剂。另外,无毒的药物适宜用汤剂,稍微带点毒的适宜做散剂,大毒的必须做成药丸。再一方面,如果想见效快的用汤剂,稍慢一点的可以用散剂,用丸剂见效很慢。这就是沈括总结的汤、散、丸三类药剂大概的使用方法。

沈括对药物配方理论也很有研究。宋代方剂,尤其是那些名方,其配伍讲求主次分明,被称为方剂配伍的典范。

沈括反对旧说把"君臣佐使"的地位看得太死。他认为所谓"君",是指某一处方的主要药物,但到底是哪一种药物,并不是固定不变的,而应根据具体情况有所变化。《药性论》把各种药物中用得最多的那种药称为"君",其次为"臣"、为"佐"。有毒的药物在过去一般被当作"使",沈括认为这是非常错误的。他还举例说,如果要治

## 第五章　博学多识　科学全才

"积坚"之症，就得用巴豆为"君"。

在医术方面，沈括提出，如果不是内心真正领会，而仅仅是从书本中得来的，往往难以体会到其中的妙处。他还指出，古代一些医术，内容有很多不真实和不可靠的地方，像《神农本草》这样古老的医书，错误的地方尤其多，从事医学的人不可以不知道。

在医药学方面，沈括的贡献还表现在，他最早记录了"秋石"的炼制方法与实际功效。《苏沈良方》中详细记述了秋石阴阳二炼法的程序要诀，从这段记述看，如果没有亲自制作的经验，怕是不能描述得如此细致入微的。李约瑟认为这应该是世界上最早的"提取留体性激素"的制备法。

此外，沈括还提出了一些关于生理学的见解，比如在《梦溪笔谈》中，他专门写了《脏腑谬说》一节。文中指出，古药方中说到服药，经常把人体的呼吸和消化器官混淆起来。

在沈括生活的宋朝，当时很流行"人有水喉、食喉、气喉"的说法，甚至根据人体解剖绘画的《欧希范真五脏图》，也画了这三喉。沈括认为这是当时观察不仔细的缘故，所以画的是错的。他的观点是水和食物一同咽下，怎么可能从口中分开而进入两个喉咙呢?他认为,人只有咽和喉两个部位。咽主要是输送饮食,喉主要用于通气,咽将食物送入食管,然后再进入胃中,又进入直肠,再进入到大小肠;喉则通于五脏,主要用来呼气和吸气。沈括还正确说明了人体中这两个不同系统的构造,以及两种器官的不同功能。另外,他又特别指出医生必须懂得生理学,这一点在当时是很超前的,即便在当下,也非常有现实意义。

## 第六章

# 学坛巨擘  光耀中华

# 科学思想

伟大的思想产生伟大的行动。沈括卓越的科学技术成就背后一定有其先进的科学思想。

**注重实践,调查研究**

沈括的一生都在不断地学习,不断地实践。他注重实际,重视调查研究。宋人林灵素在《苏沈内翰良方序》中评价沈括:"凡所至之处,莫不询究,或医师,或里巷,或小人,以至士大夫之家、山林隐者,无不求访。"的确如此,沈括每到一处总是仔细观察,无论是当地的自然风貌,还是风俗民情,他都一一记录。事实上,他的许多著作都是在大量调查的基础上写成的。

在沈括的一生中,无论是他小时候随着父亲沈周走过

■ 位于浙江杭州的沈括墓

许多山川湖海时，还是他自己入了仕途，在官宦生涯中行走大江南北时，他总能以科学的、发展的眼光来观察自然。他拥有科学家的眼界与探究精神，细致入微地观察山川地貌，亲力亲为地品尝野果百草。飞禽走兽、树木森林，乃至地底下的石油，都是沈括观察和研究的对象。

沈括有朴素的唯物主义思想，他认为"天地之变，寒暑风雨，水旱螟蝗，率皆有法"①，并指出"阳顺阴逆之理，皆有所从来，得之自然，非意之所配也"②。就是说，自然界事物的变化都是有规律的，而且这些规律是客观存在的，是不以人们的意志为转移的。他还认为事物的变化规律有正常变化和异常变化，不能拘泥于固定不变的规则。正是这些比较正确的思想观点，使沈括站在了他那个时代科学技术研究的高峰。沈括曾提出"已知的知识是有限的，人的认识是无限的"的观点，对科学的发展产生了很大的影响。基于"变化"，沈括提出了"不胶一法，乃为通术"③的观点，认为既然事物是不断变化发展的，就应该用辩证的思想来看待问题。在沈括看来，"物理有常、有

---

① ② （宋）沈括《梦溪笔谈》卷7《象数》。
③ （宋）沈括《梦溪笔谈》卷18《技艺》。

变"①，万物之理受本气影响在一定阶段内表现出"常"的一面，具有一定的稳定性，同时它又受到其他各种因素的影响而呈现出"变"的一面，"有常有变"是正常现象，"变"是绝对的、永恒的，"常"是相对的、暂时的。既要看到"常"，又不能忽视在其他因素影响下的"变"，才能把握住事物变化的规律。同时，事物变化的规律往往是隐藏起来的，不容易被人们所认知，但随着人们认识能力的增强，可以更深入了解并掌握事物变化的客观规律。

在沈括的一生中，兴修水利，制造器械，测绘地图，观察天象和地质，编修历法……这些丰富的实践活动给了他知识和智慧，使他逐步形成自己的自然科学观，用实践论证的思想一直贯穿于自己科学研究的始终。例如，在关于石油的记录里，他为了弄清楚"高奴县出脂水"的真实情况，亲自去实地考察。在考察中发现"脂水"是一种黏稠似漆的液体，从岩石的缝隙中缓缓渗出，与地表的泉水、沙石混杂在一起，浮于水面。除此之外，沈括又考察了"脂水"的形状、性质，最后将其命名为"石油"。在了解石油的大致特性后，他发现石油具有可燃性，而且燃烧后会产

---

① （宋）沈括《梦溪笔谈》卷7《象数一》。

生黑烟,这些黑烟可能有特别的用途,他说:"疑其烟可用,试扫其煤以为墨,黑光如油。"于是亲自动手,利用回收石油燃烧后产生的烟尘,制作出新型的墨——"延川石液"。实践证明,"延川石液"确实要远胜于当时常用的松墨。

沈括注重实践的这一特质,在医学方面显得尤为突出。他在《苏沈良方》序言中说:

> 予治方最久,有方之良者,辄为疏之。世之为方者,称其治效,常喜过实。《千金》《肘后》之类,尤多溢言,使人不复敢信。予所谓良方者,必目见其验,始著于篇。闻不预也。①

从这段沈括所写的序言中可以看出,沈括治学非常注重实践,他搜集的药方,必定辨明了真伪,考验了成效,如果是道听途说的药方,没有经过亲身的实践,是不会用,也不会录入《良方》的。《苏沈良方》里提到的方子都附有临床验证,可信度高。

对于搜集到的民间药方,无论是验方还是家传秘方,

---

① (宋)苏轼、沈括《苏沈良方》沈括序。

沈括都一一亲自实践，一定要亲眼看见甚至是亲自体验，以确定药方的疗效。在记录中，沈括也尽量详尽地将亲身经历和所思所想一一记录，再汇编成册。对于文献记载中药效不是很明确的草药，他也会在亲自进行调查研究之后再下结论，以弥补文献记载的缺失。沈括本着对病人高度负责的态度，对所搜集的药方"必目睹其验"，闻者不予。如沈括在研究野葛时，并没有轻易地采信前人的著说，而是亲自采集野葛与文献进行对照，再科学、完整地记录下来：

> 余尝令人完取一株观之，其草蔓生，如葛；其藤色赤，节粗，似鹤膝；叶圆有尖，如杏叶，而光厚似柿叶；三叶为一枝，如菉豆之类，如生节间，皆相对；花黄细，戢戢然，一如茴香花，生于节叶之间。[1]

在实地考察中，他甚至发现福建地区的土著人用野葛来毒害别人或自杀，也有人因误食野葛而死，当地经法医

---

[1]（宋）沈括《梦溪笔谈·补笔谈》卷3《药议》。

检验出很多类似案例。于是他将这一发现也写下来,做了特别提醒。

为了证明北极星的位置是在移动的,沈括在查阅文献资料的基础上,在繁忙的政事之余,十几年如一日地坚持观测天象,计算日、月运行周期和刻漏计时的误差,终于完成了《熙宁晷漏》这一部天文历法研究的专著。

■《耕织图》

## 科学文明坐标：沈括

对于实践，沈括明白科学的实践活动不仅仅是少数专家学者的个体行为，在劳动人民的日常劳动中，也包含着科学技术的实践。因此，他十分尊重普通劳动者和民间的医者专家。他在搜求药方、研究医学时会主动向民间懂医术者求教。在《梦溪笔谈》中就记录了大量劳动人民的发明与创造，其中最令人称道的就是对毕昇活字印刷术的记录与实践。

对于活字印刷术的发明人毕昇，历史上缺乏记录，只有在沈括的《梦溪笔谈》中可以看到。毕昇是北宋中期一个普通平民知识分子，当时人称布衣，生平、籍贯等均不可考。毕昇死后，他所发明的活字印刷术被沈括的堂兄弟和侄子们得到。应该说，沈括看到和收藏的只是毕昇活字印刷的泥制活字，而在书中，他对活字印刷步骤的详细描写应该都是他亲自实践后得到的结果。如果不是沈括亲自实践，毕昇的活字印刷术很可能就会失传。因此，宋人将活字印刷术称为"沈存中法""沈氏活版"也不无道理。

沈括主张，人的认识和知识都来源于实践，他强调"事非前定"，实践是第一位的，人们只有经过不断地实践、反复细致地观察，才能认识和了解事物，从而掌握事物运动变化的规律，即"详观而能熟喻"。

## 第六章　学坛巨擘　光耀中华

**继承创新　勇于批判**

任何科技的创新和进步都是在前人研究的基础上形成的，沈括也不例外。他重视并善于批判性地继承前人的成果，通过认真搜集和学习这些已有的成果，取其精髓，舍其糟粕，遗古而创新。他从已有的文献中梳理物理、数学、天文学、地理学、生物学、医学等各方面的知识，对它们进行归类思考并提出质疑。

如沈括在昭文馆担任编校书籍的工作时，曾参与考评浑天仪，他将之前数十位历算家关于刻漏的著作以及25种历书都找来仔细研读，很快掌握了天文历法方面的知识，成为一名对天文历法颇有研究的专家。沈括曾对僧一行的《大衍历法》有很高的评价，但他发现这一历法沿用至北宋时已经与朔法不尽符合，与四时节气也有"脱节"之处。于是在主持编修《奉元历》时，沈括提出了"十二气为一年，更不用十二月"的主张。沈括对历法的改革在很长时期内饱受非议，直到近代，"十二气历"的科学性才被人们肯定，他的创新意识得到了普遍赞誉。竺可桢是20世纪以来中国第一位研究沈括的科学家，他对沈括遗古创新的科学思想有很高的评价："而括当时能独违众议，毅然倡立新说，置怪怨攻骂于不顾，其笃信真理之精神，虽较之于伽

浙江大学校园内的竺可桢像

利略，亦不多让也。"[1]

《梦溪笔谈》中所记载的科学技术、创造发明绝大部分都体现了沈括强烈的创新意识。

---

[1] 竺可桢《竺可桢全集》第2卷。

沈括在《梦溪笔谈》中讲到，宋人杨亿《谈苑》中曾有这样一段记载：南唐李后主厌烦清暑阁前长草，徐锴就让后主把桂树枝的碎屑撒在地上的砖缝中，结果生长多年的杂草就全死了。并说，《吕氏春秋》上提到："桂枝之下无杂木。"大概是因为桂树的气味能蜇死草木。沈括读后，对文中将桂树之下无杂木的原因归结为"桂枝味辛螯"的观点提出疑问，认为桂树屑之所以能够将周围的草木杀死，这与桂树自身的性理机制有关。为证明自己的观点，他又引述了《雷公炮炙论》的内容："用桂树枝做成木钉钉在树身上，那树木很快就死了。"用桂枝制成的小木钉插入树中居然能致树死亡，由此，沈括更坚信自己的判断"自其性相制耳"，一根木钉极其微小，未必能危害到大树，根本原因是两种树木本身有相互抑制的关系。沈括能够认真、细致、敏锐地在浩瀚文献中发掘有关资料，让一些隐藏在浩瀚书海中的真知灼见被人看到，并发出光彩。例如，"桂枝之下无杂木"这一条记录，就给后人提供了物种之间相生相克的生物学知识，对植物学、农林、生态等研究都有很好的借鉴意义。

沈括有着很强的批判精神。例如在天文学方面，他在阅读了前人大量的天文学著作后提出自己的观点。他认为之前数十家讲刻漏的书以及历法书中都有疏谬,而疏谬的根源就在于"不合乎天体的运行"。正因为找到了问题的关键,沈括在之后的天文学研究中避免了一些类似的错误。

沈括的科学创新思想,还表现在他不受经典权威著作的束缚,敢于质疑,从而得出新的发现和解释。例如有关"云梦泽"的地理位置问题,古代《尚书·禹贡》有"云梦土作乂"的说法,汉代著名经学家孔安国的注释是:"云梦之泽在江南(长江之南)。"此说法长期以来都没有受到过怀疑。然而根据唐太宗所得的古本《尚书》所刻《禹贡》中的说法是:"云土梦作乂"。那究竟哪种说法是正确的呢?为此,沈括翻阅了多种文献资料,并于元丰五年(1082)在荆湖北路、荆湖南路(今属湖南、湖北省)进行了实地察访。他沿着公安、石首、建宁等县走了一圈,观察了江南"梦泽"的范围,又沿着玉沙、监利、景陵等县走了一遍,查看了江北"云泽"的位置,并对比了两泽的地势高下。在对史料进行考证和实地考察的基础上,沈括终于用事实推翻了孔安国的权威观点,提出"江南为梦、江北为云"的观点,并论证了古本《尚书·禹贡》"云土梦作乂"的正确性。

用新人,提新说,也是沈括创新精神的特点。重用历算家卫朴就是一个很好的例子。重用卫朴一事,起初沈括是受到很大阻力的。当时司天监里的守旧派非常排斥与反对，认为卫朴是个新人，也没有什么官职，用这样的人简直荒谬。面对这样的压力，沈括依然坚持自己的主张，极力推荐卫朴进入司天监修历。直至后期卫朴被人攻击，沈括毅然挺身而出，支持他和他所修的新历。

沈括在司天监时，觉得之前的官员庸碌无为，于是培养了一批新人。正因如此，沈括在政治上不断受到来自保守势力的反对。无论是参加万春圩修治工程，还是后来主持改革历法、创造新天文仪等，都是在斗争中完成的。由此可见，沈括有着不怕困难、勇于斗争的精神，正是这种精神激励着沈括，散发出巨大的创造精神和力量。而这种精神力量不仅支持他解决了当下的现实问题和矛盾，同时也为后世解决此类问题提供了方法与范例。

沈括对前贤的成果从来不盲从，他敢于推翻不正确的旧说，大胆创新。《梦溪笔谈》中有"辩证""谬说"等内容，就是对前人观点进行批判性思考。科学研究是从发现问题开始的，而问题的发现首先是从怀疑开始的。所谓"疑"与"思"相伴而生，互为前提。有怀疑、有疑问就能激发人们去思考，去寻求解决的办法，而人们探索寻求的过程就是创新的过程。可以说，怀疑—思考—创新，是每一项科学成就诞生的必由之路,要从事科学研究就必须具备怀疑精神。

# 科学方法

对于每一位科学家来说,除了拥有先进的科学思想,掌握先进的科学方法也是至关重要的。

### 观察和实验相结合

科学观察和实验是科学研究过程中借以获得经验知识和材料数据的重要手段。20世纪英国著名科学史家丹皮尔曾说过:"证明前人说法的唯一方法,只有观察和实验。"沈括正是遵循了这一思想,他在科学领域的巨大成就,绝大部分都是在观察与实验的基础上形成的。

他看到凹面镜照射物体所成的像是倒置的,为了解这一现象的原理,沈括在生活中经常观察类似的现象并加以记录:

> 又如窗隙中楼塔之影,中间为窗所束,亦皆倒垂,与阳燧一也。阳燧面洼,以一指迫而照之则正;渐远则无所见;过此遂倒。其无所见处,正

> 如窗隙、橹臬、腰鼓碍之，本末相隔，遂成摇橹之势，故举手则影愈下，下手则影愈上。①

他发现窗外的楼塔，由于光线穿过窗格，它所形成的塔影也是倒立的。这为他研究凹面镜的成像原理提供了真实的佐证资料。

沈括勤于观察与思考，并且敢于坚持真理，推陈出新。作为科学家来讲，细致入微的观察能力是必备技能。沈括观察事物时非常仔细、周密。他对开封相国寺一幅壁画有过一段评价，而这段评价也从一个侧面印证了沈括的观察和思考能力：

> 相国寺旧画壁乃高益之笔。有画众工奏乐一堵，最有意。人多病拥琵琶者误拨下弦，众管皆发"四"字，琵琶"四"字在上弦，此拨乃掩下弦，误也。余以谓非误也。盖管以发指为声，琵琶以拨过为声，此拨掩下弦，则声在上弦也。益之布置尚能如此，其心匠可知。②

---

① （宋）沈括《梦溪笔谈》卷3《辨证一》。
② （宋）沈括《梦溪笔谈》卷17《书画》。

■（宋）佚名 《歌乐图》

这段话讲的相国寺中的这幅壁画是以一队乐工演奏为题材创作的。有一些人批评这幅画的问题在于一个弹琵琶乐工的手势,当其他乐工在吹奏"四"字字音时,他的指头不是拨动琵琶"四"字所在的上弦,而是掩盖着下弦。人们普遍认为是画家不懂得乐理,才产生这样的错误。但与之相反,沈括却不这样认为。根据他的观察,这不是画家的错误,画家如此作画恰恰反映了其构思巧妙:管乐的发音,可以看手指的部位;而琵琶是一种弦乐,必须在拨弄之后,才能发出声音。因此手指拨掩下弦,正表明声音是从上弦发出的。所以这位画家不仅没有画错,而且匠心满满。可以说，沈括这个判断亦是非常精准的。

为了研究共振现象，验证"同声相应"的原理，沈括用自己的智慧设计了"琴瑟应声"实验，巧妙地通过琴弦上的纸人会因为共振而跳动的实验，非常直观而准确地验证了自己的设想。

沈括重视科学观察，同时也重视科学实验，尤其重视在自然观察的基础上运用实验手段获得尽量真实的材料和数据。这是他比同时代学者更加优秀的地方，也是他取得辉煌科学成就不可或缺的原因之一。人们通过自己的眼睛和耳朵可以接收到众多的信息，这些信息有的是正确的、真实的，也有的是错误的、虚假的。通过科学实验，人们就可以非常有效地辨别信息的真伪。

**归纳和演绎相结合**

归纳和演绎是沈括从事科学研究的重要方法之一。他善于通过对同类事物和现象的观察分析，从中找出事物之间的内在联系，从而概括出一般性的原理，揭示事物变化发展的规律。中国古代学者善于从关系甚远的事物中，抽象出共同的规律，沈括在这方面表现得尤其突出。

在《梦溪笔谈》中，沈括曾记录卢中甫和李评家中出现过的冷光现象，他由此联想到自己早年在海州"夜煮盐鸭卵"时，一只鸭蛋发光的情况，以及苏州人钱僧孺家煮鸭蛋时发现的同样的情况：

> 予昔年在海州，曾夜煮盐鸭卵，其间一卵烂然通明如玉，荧荧然屋中尽明。置之器中十余日，臭腐几尽，愈明不已。苏州钱僧孺家煮一鸭卵，亦如是。物有相似者，必自是一类。①

沈括虽然不能对这些发光现象作出合理的科学解释，但他却有意识地对这些现象进行归纳，并详细记录下来，进而得出结论："物有相似者，必自是一类。"

在考察雁荡山诸峰形状时，他看起来是欣赏风景地貌，实则观察了水蚀地形的特点，进而研究了该地形构成的原理。根据温州雁荡山观察结果，沈括用了比较法，相较其他地区，特别是西北的黄土高原，得出结论："今成皋、陕西大涧中，立土动及百尺，迥然耸立，亦雁荡具体而微者，但此土彼石耳。"②他指出西北黄土带的土墩是相同的应力造成

---

① （宋）沈括《梦溪笔谈》卷21《异事》。
② （宋）沈括《梦溪笔谈》卷24《杂志一》。

第六章 学坛巨擘 光耀中华

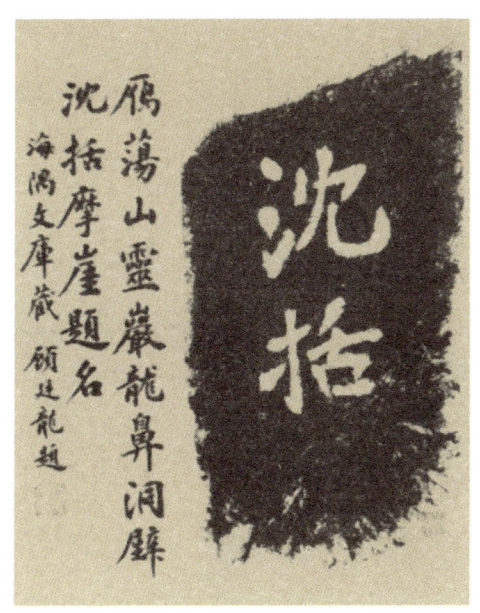

■ 沈括雁荡山摩崖题名

的,所不同的只是组成物质有土质和石质的分别罢了。

**矛盾分析 辩证思维**

沈括主张"物理有常,有变",他认为事物都是处于矛盾之中的,具有深刻的辩证法思想,因此,沈括善于用矛盾分析的方法来研究事物变化发展的规律。由于事物是不断发展变化的,当矛盾的两方面发展到一定阶段就会向它的对立面转化,因此沈括非常重视对事物内部矛盾和转化法则的认识与把握。

沈括的矛盾分析方法较多的是应用在医学领域。比如，他指出同一植物上的不同部位有着不同的药性，同一植物上的相同部位在不同时节、不同地区的药性也有差异，因此在采草药时应该选择适当的时机。沈括在《梦溪笔谈》卷26《药议》中举了紫草根的例子。紫草根如果在没有开花的时候采摘，它的根色鲜泽；开完花之后，它的根部颜色就比较黯淡。如果用植物的叶子入药，就需要在叶子刚刚长成的时候采摘；如果用花入药，则需要在花刚刚绽放的时候采摘；如果用果实入药，就要在果实成熟的时候采摘。而这些都不可以限定时月，因为土气有早有晚，天气也时有"失常"。比如在平地三月开的花，在深山里则要到四月份才开。就如同白居易《大林寺桃花》的诗中所说："人间四月芳菲尽，山寺桃花始盛开。"沈括强调在采草药时，还要根据植物根、茎、叶、花、果实的成熟情况，选择适当的时机采摘。

## 科学地位

沈括的成就体现在自然科学与人文科学两大领域。在科学技术飞速发展的今天，他在自然科学方面的贡献依然

## 第六章 学坛巨擘 光耀中华

备受瞩目。李约瑟就称颂他是"中国整部科学史中最卓越的人物"。日本数学家山上义夫认为,"我把沈括称作中国数学家的模范人物或理想人物,是很恰当的"。美国科学史学者席文则称沈括是"中国科学与工程史上最多才多艺的人物之一"。

从皇祐三年(1051)到元祐二年(1087)的36年中,沈括仕途波折,从一个官职调到另一个官职,他的"本职工作"大多数时候与科学技术并没有什么直接的联系,但也许沈括真的是非常热爱科学技术,在繁忙的政务之余,他将自己成就为一位学识极其渊博的大科学家。《宋史·沈括传》说他"博学善文,于天文、方志、律历、音乐、医药、卜算无所不通,皆有所论著",事实上沈括所通晓的领域远不止于此。仅在科学技术领域,沈括常被人提到的重要成就有:

• 首创隙积术和会圆术及围棋变局总数的计算;

• 对凹面镜成像理论的探讨与实验;

• 首次提出"石油"的概念,对"石油"地质、产油区地表特征作了精辟阐释,首创石烟制墨;

• 建议采用"十二气历",以太阳运动作为计算依据,改良天文仪器,测得真太阳日的长短变化;

- 最早记录磁偏角的存在；
- 天体运动的观察，日月食形成的机制和极星测量；
- 推测日月之形和月球发光原理；
- 解释声学共振现象；
- 指南针及其装置、利用方法的记载；
- 总结、推广胶泥活字印刷技术；
- 首次将"飞鸟直达"测量法运用于制图，并制造出最早的立体地图模型；
- 搜集与整理各种中医药方……

此外，在对地质现象的解释，对风雨雷电等自然现象的探讨，对地质晶体的论述，对动植物形态和生态分类的描述等方面，沈括都有许多独到的见解。

沈括的科技发明和学术创见很多，他的著作经常被历代各门学科专家引用。沈括一生著述甚丰，共有40种左右，在《宋史·艺文志》中著录的就有22种155卷。可惜其中大多已经遗失了，现在能见到的只有《梦溪笔谈》（包括《补笔谈》《续笔谈》）《苏沈良方》《忘怀录》《长兴集》等。他的科学技术知识与思想，主要体现在《梦溪笔谈》与《苏沈良方》中。《苏沈良方》作为一部医方汇编，体现了沈括在医学领域耕耘的成果。《梦溪笔谈》则是沈括科学人文

## 第六章 学坛巨擘 光耀中华

思想最集大成的总汇。

《梦溪笔谈》共有30卷,分17类,共十余万字。按李约瑟的统计,其中有207条与自然科学相关,涉及数学、天文与历法、气象、地质与矿物学、地理与制图、物理学、化学、工程、冶金及工艺、灌溉与水利工程、建筑、生物学、植物学与动物学、农艺、医药与制药学等学科。实际上,《梦溪笔谈》几乎涉及了古代自然科学所有的领域。这部书以清新自然的文风,将科学与文学两者有机地融为一体,从某种意义上说,这也是一部言简意赅、文笔生动的散文集。

沈括这样的全才为什么会出现在北宋,他的成长之路对当下有什么启示?每一位杰出人物都离不开时代的造就,都是他所处的那个时代的产物。"满朝朱紫贵,尽是读书人。"宋代是中国封建社会中一个重要的历史时期,也是中国科技文化发展的一个高峰时期。当时政治环境宽松,学术氛围自由,社会稳定,经济繁荣,科学技术、医学、数学、天文、地理、农业等领域都得到了很大的发展,各种学术思潮和文化形态在这个时期达到了高峰,形成了独具特色的科学文化。从某种意义上来说,宋朝是中国历史上最典雅的一个朝代。这种典雅的文化气质成为中国人的一

■ （宋）杨威 《耕获图》

种文化烙印。直到今天，这种儒雅之风都影响着国人的文化审美和生活方式。据统计，《中国古代科学家传记》一书中共收录古代科学家249人，其中，宋元时期（以宋为主）有56人，占全书总人数的22.4%。李约瑟在《中国科学技术发展史·总论》中写道："每当人们在中国的文献中查找任何一种具体的科技史料时，往往会发现它的主焦点就在宋代。不管在应用科学方面或在纯粹科学方面都是如此。"

## 第六章 学坛巨擘 光耀中华

还有一点不容忽视，沈括的成功在一定程度上还得益于他官僚士大夫的身份。在中国传统社会，科技型人才长期受到压制，很多为社会发展作出过卓越贡献的科学家，都没能在历史上留下太多的印迹，甚至是悄无声息。到了北宋，尽管科技发展迎来了中国历史上的第二个高峰期，尽管国家对科技发明采取了一定的奖励措施，但是，单纯的科学研究和科学成果仍然很难受到重视。很显然，在传统社会中，科学是与政治紧密联系在一起的。一方面，政治家的身份有助于提高科学家的知名度和社会影响力，有利于科技成果的推广；另一方面，从政的过程也为科学家的科学研究提供了一个更广阔的发展空间。

从某种程度上讲，沈括在自然科学方面能够取得如此高的成就，可以算作是政治和科学互相借力的一个范式。在宋朝，科举制度的改革使得大量的平民能够进入仕途，教育才逐渐地发展起来。起初，沈括对政治并未表现出浓厚的兴趣，直到23岁时迫于生计才以父荫入仕，任海州沭阳县主簿，从此开始了长达三十多年的宦海生涯。32岁，沈括首次参加科举考试。进士登第成为沈括政治生涯的转折点。此后，他用了十年时间升迁至权发遣三司使，成为管理国家财政的最高官员。政治上的成功也给沈括的科学探索活动带来了更多的机会以及更强大的动力,他的许多关键性科学成就都是在此期间取得的。基于此,博学多才的他也被越来越多的官僚士大夫所接受与肯定。试想,如果沈括没有走科举的道路,没有踏入仕途,纵有一身才华,是否依旧能得到士大夫们的认可,被他们所接受呢?他在科学技术方面的才华能否像现在这样得以全方位展示?他的一些研究成果、科学理论是否能被重视?他的巨著《梦溪笔谈》能做到一经问世就受到广泛关注并流传至今吗?历史不能重来,这些问号也许只能是未知数。

当然,并不是说沈括的科技成就已经十分完善,治学方法也完美无缺。相反,由于历史和政治等原因,沈括的科学世界观和思想方法是有局限的,例如他的思想,虽然绝大部分是唯物的,但依旧有唯心主义的成分。一方面,他曾经反对"万事前定"的说法,认为"事非前定"。沈括曾说:

> 人有前知者,数十百千年事皆能言之,梦寐亦或有之,以此知万事无不前定。予以为不然。事非前定,方其知时,即是今日;中间年岁亦与此同时,元非先后。此理宛然,熟观之可喻。或

## 第六章 学坛巨擘 光耀中华

> 曰：苟能前知，事有不利者可迁避之。亦不然也。苟可迁避，则前知之时，已见所避之事；若不见所避之事，即非前知。[1]

他认为并不存在"先知"的人，那种声称数十百千年的事情都可以预料到，做梦的时候也能"预见将来"的说法是很荒谬的。万事并没有"前定"，当所谓将来的事被人们知道的时候，它便已是"今日"的事。他认为"万事无前定""人无前知者"，这是沈括思想中进步的一面。但另一方面，在《梦溪笔谈》中，也有关于因果报应之类的说法与记载。有的学说，因为受当时科学水平的限制，没有得出正确的结论。例如，沈括对天体的看法，还没有打破以地球作为中心的局限。在讨论到一些历法、医学、化学等问题时，也还没有脱离阴阳、五行等传统解释。

理论上的探索是沈括的强项。我国古代科技史强调实干，这个特点有其长处也有其不足。所谓不足，就在于理性思维以及理论提升的缺乏。而沈括在科学技术方面，尤其是在思维方式上的最大贡献之一，正是弥补了这种不

---

[1]（宋）沈括《梦溪笔谈》卷20《神奇》。

足。因此，尽管沈括没有什么惊天动地的发明创造、重大突破，但他在诸多理论上的深入探讨是具有很大贡献的，可以说，他将技术上升到了科学的层面。只有真正认识了这一点，才能理解沈括为什么是中国整部科学史中最卓越的人物，是科学技术史上的坐标。

# 沈括简谱

**天圣九年（1031）**

　　沈括出生。1031年前后，沈括的父亲沈周曾知封州，知简州平泉县、通判苏州，故这三地均有可能是沈括的出生地。

**景祐年间（1034—1038）**

　　沈周在京城任职，沈括随父居开封。

**宝元二年（1039）**

　　沈周出知润州，沈括随父前往。

**康定元年（1040）**

　　沈周调知泉州，沈括随父到达闽中。

**庆历二年（1042）**

　　沈括开始延师受业。

**庆历三年**（1043）

沈周擢任开封府判官，沈括随同自泉州进京。

**庆历八年**（1048）

沈周迁江南东路转运使，沈括随父居江宁。

**皇祐二年**（1050）

沈周知明州，沈括借居苏州母舅家。

**皇祐三年**（1051）

八月，沈周以太常少卿、分司南京归钱塘，沈括亦回杭。十一月，沈周去世，享年74岁。

**皇祐四年**（1052）

十月，沈括葬父于钱塘龙居里。

**至和元年**（1054）

正月，沈括终父丧。其借父荫初出仕，任海州沭阳县主簿。

**至和二年**（1055）

沈括摄海州东海县令。

**嘉祐六年**（1061）

沈括客居兄长、宣州宁国县令沈披处，其间亲历芜湖万春圩的治理。

**嘉祐七年**（1062）

秋季，沈括参加苏州地区的科举考试，名列发解试第一名。

**嘉祐八年**（1063）

三月，登进士第。沈括这次进京，因为是苏州解元，试前循例得仁宗召见。

**治平元年**（1064）

沈括在扬州任司理参军。

**治平二年**（1065）

淮南转运使张刍赏识沈括，向朝廷举荐。九月，沈括赴京担任编校昭文馆书籍，参与详定浑天仪。

**治平四年**（1067）

正月，沈括受命在科举考试中点检试卷。

### 熙宁元年（1068）

沈括娶张刍之女为继室。八月，迁馆阁校勘。八月，沈母于京城过世，享年83岁。沈括回杭州守母丧。

### 熙宁二年（1069）

王安石任参知政事，开始变法。八月，沈括葬母于钱塘龙居里。

### 熙宁四年（1071）

沈括终母丧，回京复职。时任大理寺丞、馆阁校勘的沈括迁太子中允、检正刑房中书公事，开始参与王安石变法。

### 熙宁五年（1072）

沈括兼提举司天监。五月，沈括推荐平民卫朴入监修历。七月，加史馆检讨。

### 熙宁六年（1073）

三月，太子中允、史馆检讨沈括为集贤校理。五月，沈括奉命详定三司令敕。六月，沈括奉命相度两浙路农田水利、差役等事，兼察访。在察访期间，沈括曾前往雁荡山。

## 熙宁七年（1074）

三月，沈括迁太常丞，同修起居注。四月，王安石罢相。七月，沈括上《浑仪议》《浮漏议》《景表议》三议，迁右正言、司天秋官正。八月，擢任知制诰，兼通进、银台司，后为河北西路察访使，又奉命提举河北西路义勇、保甲。九月，兼判军器监。

## 熙宁八年（1075）

二月，沈括奉命详定九军阵法。同月，王安石复相。三月，奉命假翰林侍读学士，报聘辽国。四月，以回谢辽国使名义启程赴辽。七月，任淮南、两浙灾伤州军体量安抚使。十月，迁权发遣三司使。

## 熙宁九年（1076）

八月，沈括奉旨编写《天下州县图》（即《守令图》）。十月，王安石第二次罢相。十一月，沈括奏请免征两浙下户免役钱，十二月或稍后，拜翰林学士。

## 熙宁十年（1077）

七月，沈括因请免两浙下户役钱被御史蔡确诬劾，罢权三司使，以集贤院学士知宣州。

### 元丰元年（1078）

沈括居宣州。八月，复知制诰、知潭州。因蔡确言不应"复之太速"，诏罢沈括知制诰，依旧知宣州。

### 元丰二年（1079）

七月，沈括复龙图阁待制，仍知宣州。

### 元丰三年（1080）

六月，沈括改知延州兼鄜延路经略安抚使，奉命措置前任吕惠卿在陕西四路未了防务。妻父张刍去世。

### 元丰四年（1081）

秋冬间，宋军会陕西、河东五路大军出击西夏。沈括留守延州。十一月，率军攻克细浮图、吴堡、义合、塞门四寨。

### 元丰五年（1082）

二月，沈括因守安疆界、应副边事有劳，迁龙图阁直学士。五月，建议筑古乌延城以临西夏，争取横山战略形势。八月，朝廷特使徐禧专擅筑永乐城，沈括奉命节制修城事。九月，筑永乐城成，沈括还米脂。后三日西夏来攻，沈括建议战守方略，徐禧不从。永乐被围，沈括领兵救援，至无定河，被大兵所阻，便放弃米脂，退保绥德。永乐城陷。沈括被以措置乖方罪责授均州团练副使、员外郎、随州安置。

**元丰八年**（1085）

宋神宗驾崩，哲宗即位，大赦天下，沈括徙秀州团练副使、本州安置，不得签书公事。在前往秀州途中，沈括至江州，在熨斗洞筑庐居住，准备在那里度过余生。冬季抵秀州。在秀州，沈括建啸诺堂，并开始撰写《良方》和《梦溪笔谈》。

**元祐元年**（1086）

沈括因事过润州，见九年前知宣州时所购置园圃，仿佛壮年时梦中所常游，便在此筑居舍。

**元祐二年**（1087）

沈括居秀州。

**元祐三年**（1088）

二月，沈括进献《天下州县图》。八月，诏许任便居住。

### 元祐四年（1089）

九月，授沈括朝散郎、守光禄少卿，分司南京，许于外州军任便居住。沈括接诏后，举家迁居润州"梦溪"园。六日后，朝廷再诏"前命勿行"。此时，沈括已离开秀州。

### 元祐五年（1090）

十月，朝廷第二次颁诏，许沈括于外州军任便居住。

### 绍圣元年（1094）

沈括复官，领宫祠。沈括妻张氏去世。

### 绍圣二年（1095）

沈括去世，归葬钱塘。

# 主要参考文献

[1]《宋史·沈括传》,(元)脱脱、阿鲁图主持修撰,中华书局

[2]《沈括研究科技史论》,胡道静著,上海人民出版社

[3]《沈括评传》(上、下),祖慧著,南京大学出版社

[4]《梦溪笔谈全译》,(宋)沈括著,金良年、胡小静译,上海古籍出版社

[5]《梦溪笔谈导读》,胡道静、金良年著,中国国际广播出版社

[6]《苏沈良方》,(宋)沈括、苏轼著,中国医药科技出版社

[7]《梦溪笔谈说解》,潘天华注解,江苏大学出版社

[8]《梦溪妙笔 沈括传》,周山湖著,作家出版社

[9]《科技史坐标:沈括》,王淳航著,辽宁人民出版社

[10]《沈括》,张家驹著,中国书籍出版社

[11]《沈括的科学思想与科学研究方法》,武明洋著,《决策与信息·下旬刊》2012年第04期

[12]《中国整部科学史中最卓越的人物——沈括》,沈国学著,《今日科苑》2013年021期